Matthias Behrens

Star Adventure 1

GAIA

Bibliografische Information der Deutschen Nationalbibliothek:
Die Deutsche Nationalbibliothek verzeichnet diese Publikation in
der Deutschen Nationalbibliografie, detaillierte bibliografische
Daten sind im Internet über dnb.dnb.de abrufbar.
TWENTYSIX
Eine Marke der Books on Demand GmbH
© 2022 Matthias Behrens

2. überarbeitete Auflage
(1. Auflage 2012 Verlag Monsenstein und Vannerdat, Edition Octopus)
Herstellung und Verlag:
BoD – Books on Demand, Norderstedt

ISBN: 9-783-740716363

„Es gibt keinen bequemen Weg, der von der Erde zu den Sternen führt.“

Zitat:

Lucius Annaeus Seneca (ca. 4 v. u. Z. bis 65 n. u. Z.), römischer Philosoph und Naturforscher

„Wenn es gut ist, dass die Welt besteht, so ist es nicht weniger gut, dass auch jede der unzähligen anderen Welten bestehen.“

Zitat:

Giordano Bruno(eigentlich Filippo Bruno, 1548 bis 1600)
italienischer Naturphilosoph, Priester, Dichter, Astronom

1..

Lautlos zog das Raumschiff „Isaac Newton" seine
Bahn. Es schien stillzustehen im unendlichen
Raum. Seit 21 Jahren ist es unterwegs. Ziel dieses
langen Fluges war der rote Zwerg Gliese 581.
Verschiedene Mannschaften haben sich
abgelöst. Während eine Crew 3 Jahre Dienst
hatte, schliefen die drei anderen im Kälteschlaf.
Drei Jahre waren eine harte Zeit. Oftmals lagen
die Nerven blank. Es tat sich monatelang nichts.
Immer der gleiche Trott. Tagaus, tagein die
gleichen Messungen durchführen, die gleichen
Notizen in das Logbuch schreiben, immer die
gleichen Gesichter sehen. Die Kommandanten
der einzelnen Mannschaften versuchten mit
allerhand verschiedenen Spielen, etwa
Skatturniere, Pokerturniere oder
Schachmeisterschaften die Stimmung
hochzuhalten. Es gelang nicht immer. Sehr oft
endeten kleine Meinungsverschiedenheiten in
einem handfesten Streit und der Kommandant
musste schlichten. Zudem stammte die Crew aus
26 Ländern, welche in zehn politische
Gemeinschaften vereinigt waren. Jede Crew
hatte zwei Mal Dienst während des Fluges.

Bevor das Raumschiff von der Erde in Richtung Gliese 581 aufbrach, wurden vier Sonden losgeschickt, um den Weg auszukundschaften. Drei kamen erfolgreich mit umfangreichem Datenmaterial zurück. Sonde Zwei sendete noch drei Jahre bis der Kontakt abbrach. Den Grund konnte man nie feststellen. Die Experimente dauerten über einhundert Jahre bis man sich im Jahre 2215 entschloss, ein bemanntes Schiff zu entsenden. Dieses Schiff war der Stolz der Internationalen Weltraumbehörde. Es war fünfhundert Meter lang und zweihundert Meter breit. Einhundert Meter war es hoch. Ganz hinten war der gigantische hohlspiegelartige Antrieb. Davor lagen die Treibstofftanks mit Wasserstoff und Antiwasserstoff. Es gab Gärten und Parks, Gemüse- und Obstanbauhallen. Außerdem gab es eine kleine Bibliothek, eine Cafeteria und ein Kino. Die Cafeteria hatte als einziger Raum ein Fenster mit direktem Blick nach Achtern. Jedes Besatzungsmitglied hatte eine eigene Kabine. Es gab große Recyclinganlagen, Anlagen zur Luft- und Wasserregenerierung.
Damit ein solcher Gigant ohne Zwischenfälle einen solchen langen Flug übersteht, war es aber

absolut notwendig, so viele Flüge unbemannt durchzuführen. Schließlich konnte man während des Fluges nur unwesentliche Bahnkorrekturen durchführen. Auch das Abbremsen war nicht möglich. Ein Hindernis auf dem Weg würde zu einer Katastrophe führen. Erst nach der Oortschen Wolke flog man mit annähernder Lichtgeschwindigkeit. Nach einer Beschleunigungsphase von mehreren Wochen flogen alle Schiffe mit neunundneunzig Prozent Lichtgeschwindigkeit. Das Risiko einer Kollision mit einem Meteor war viel zu groß.

Als John York aufwachte, hatte er einen klebrigen Mund. Die Zunge war wie taub und sein Geschmack war fade. Er konnte sich kaum bewegen, obwohl die Muskeln jahrelang durch Stimulatoren vor dem totalen Erschlaffen bewahrt wurden. Er sehnte sich nun nach einem Bad und einem Steak. Neben ihm lag Samantha Brown. Er hatte sie beim Training in Cairns in Australien kennen gelernt. Er musste lächeln, als er sich an den letzten Abend erinnerte. Eigentlich war Nachtruhe angesagt, aber Samantha hatte es irgendwie in sein Zimmer geschafft. „Falls wir alle draufgehen, sollte es noch mal eine schöne Nacht geben.", sagte sie.

Jetzt, nachdem die einundzwanzig Jahre Flug erfolgreich vergangen waren, wurden alle schlafenden Mannschaften geweckt und Kapitän Johansson übernahm wieder das Kommando. Nach einem ausgiebigen Frühstück gab es die erste Besprechung der Führungsoffiziere in der Offiziersmesse.

„Dr. Khama, geben Sie uns einen kurzen Überblick über den Gesundheitszustand der Crew!", sprach der Käpt`n.

„Bis auf ein paar kleine Beschwerden des Verdauungssystems gibt es im Moment keine Probleme. Die Crew ist wohlauf." Der Chefarzt stammt aus der Afrikanischen Union und hatte schon eine Krankenstation auf dem irdischen Mond geleitet.

„Wie geht es unserem Schiff, Herr Freitag?", fragte der Käpt`n den Chefingenieur Alexander Freitag, einem Deutschen.

„Ausgezeichnet. Alle Systeme funktionieren einwandfrei. Das Bremsmanöver kann eingeleitet werden."

„Herr O`Brian, wie ist unsere gegenwärtige Position und wann kann das Bremsen erfolgen?"

Der irische Chefpilot antwortete kurz und knapp:
„In 21 Stunden ist es soweit. Wir liegen genau
auf Kurs, wie mir Frau Al-Dhabi versicherte."
Die ägyptische Astronomin nickte mit dem Kopf
und sprach: „Wir sind sieben Milliarden
Kilometer vom Zentralgestirn entfernt. Wenn das
Bremsmanöver genau erfolgt, werden wir in drei
Tagen den Kometengürtel und die Umlaufbahn
des letzten Planeten erreichen. Dieser befindet
sich aber gegenwärtig auf der anderen Seite von
Gliese 581."
„Gut", sprach Johansson, „bitte teilen Sie ihre
Mitarbeiter in ein Schichtsystem ein. Frau Al-
Dhabi, sie richten ihre Messinstrumente auf den
zweiten Planeten. Wir brauchen schnellstens
genaue Werte über Oberflächenbeschaffenheit,
Atmosphäre und über seine zwei Monde. An die
Arbeit!"
Jeder ging an seinen Arbeitsplatz. Der Käpt'n und
der 1. Offizier O'Brian nahmen ihren Platz auf
der Brücke ein. Am Steuerpult saß sie Russin
Olga Komarova, die Kommunikationsanlage
bediente Sahra Müller aus Deutschland. Die
Geschwindigkeit des Raumschiffes betrug
295.000 Km/Sek. Stunden vergingen. Die
Techniker waren noch mit den Vorbereitungen

für das Bremsmanöver beschäftigt. Alle Triebwerke würden auf das Äußerste beansprucht werden. Genau wie beim Anfang der Reise die Beschleunigungsphase.

2.

John York machte gerade eine Computeranalyse der Triebwerke. Sie hatten immerhin beim Bremsen die meiste Arbeit zu leisten. Als er fast fertig war, betrat Samantha den Maschinenraum. „Ich habe hier etwas Süßes für meinen Süßen. Stig hat es mir eben gegeben. Ich glaube, dass er in mich verliebt ist.“
„Ah, ein Stück Schokolade. Wenn das alles ist, womit er dich begeistern will, muss ich mir ja keine Sorgen machen. Stig soll lieber aufpassen, dass er nicht noch dicker wird. Sonst kann beim Bremsmanöver nicht mehr laufen und muss einen Rollstuhl anfordern, wenn er von einem Topf zum anderen will.“ Stig Olsen war der norwegische Koch an Bord.
Am nächsten Morgen sollte gegen sieben Uhr das Bremsmanöver beginnen. Das Raumschiff musste dazu um einhundertachtzig Grad gedreht werden. Bei dieser hohen Geschwindigkeit ein

sehr schwieriges Unterfangen. Enorme Kraftfelder mussten das Schiff im Gleichgewicht halten. Der Kapitän Johansson, der 1. Offizier O`Brian und die französische Steuerfrau Jaqueline Millet waren auf der Brücke. An der Kommunikationsanlage saß wieder Sahra Müller.
„Frau Müller, bitte geben Sie durch, dass wir in zwei Minuten mit dem Bremsen anfangen", sagte der Kapitän.
Wenn Jaqueline Millet ihre Stimme über die Lautsprecher kam, waren alle, besonders die Männer, besonders erfreut. Ihre sehr angenehme weiche Stimme war für alle Balsam für die Ohren. „Achtung! Die gesamte Crew bitte auf ihre Plätze, wir beginnen bei Ertönen des Warnsignals mit der Bremsung." Kaum ausgesprochen ertönte auch schon das ohrenbetäubende Hupen der Warnanlage. Alle presste es in die Sessel. Mit einem Schlag war die Schwerkraft wieder da. Nach jahrelanger Schwerelosigkeit wurde dem Körper nun wieder einiges abverlangt. Trotz modernster Medizintechnik und Medizinpräparate, ist es nicht für jeden leicht, damit zurechtzukommen. Täglich mehrere Stunden Fitnesstraining und medizinische Aufbaumittel für die Muskelbildung

und gegen Calciummangel können die natürliche Schwerkraft nicht ganz ersetzen. Jeder wog nun wieder das Doppelte seines Normalgewichtes. Planmäßig passierten sie den Meteoritengürtel, welcher das System umgibt. Es war ein sehr gefährliches Unterfangen. Es dauerte einen ganzen Tag bis das Raumschiff durch war. Der Kurs brachte sie in die Nähe des inneren der beiden Gasriesen. Das Vorhandensein solcher Gasriesen ist für das Entstehen von Leben auf einem der inneren Planeten von großer Bedeutung. Ähnlich wie im heimischen Planetensystem schützen die Gasriesen die inneren Planeten vor Kometeneinschlägen. Wie gigantische Magneten ziehen sie diese an. Sie können Einschläge nicht verhindern, aber erheblich reduzieren. Bereits Anfang des einundzwanzigsten Jahrhunderts hat man die größeren Planeten gefunden. Den kleinen zweiten Planeten fand man erst in der Mitte des einundzwanzigsten Jahrhunderts.
Einer dieser Gasriesen hatte 8 Monde. Alle waren kleiner als der irdische Mond. Scans zeigten, dass die Oberfläche der Monde sehr zerklüftet und von vielen Einschlägen gezeichnet war.

„Eine zweite Expedition wird die äußeren
Planeten untersuchen. Wir haben nur die
Aufgabe, den zweiten Planeten zu erforschen.“,
sprach der Kapitän. Er sah die Blicke der
Anderen. Alle wollten so schnell wie möglich
wieder festen Boden unter den Füßen haben.
Und wenn es nur ein eiskalter kleiner Mond war.
„Frau Millet, wann werden wir genau beim
zweiten Planeten ankommen?“, fragte der
Käpt`n.
„Beim jetzigen Kurs und der negativen
Beschleunigung in vierzehn Wochen.“
„Sehr gut. Herr O`Brian, sie haben die Brücke. Ich
bin in der Messe.“
Es war gerade zwölf Uhr Bordzeit. In der Messe
befanden sich nun viele Crewmitglieder zum
Essen. Der Koch Ruben Gomez, einer Mexikaner,
war ein erfahrener „Weltraumkoch“. Er und
Olsen hatten abwechselnd Schicht. Auf der
Mondstation Luna fünf hatte Gomez mehrere
Jahre für das leibliche Wohl der Besatzung
gesorgt. Kapitän Johansson war zur selben Zeit
stellvertretender Kommandant auf der
Mondstation. Daher kannten sie sich.
„Na Ruben, was hast du heute in deiner
Kombüse zusammengebraut?“

„Pfeffersteak mit Kartoffelspalten in einer
Paprikasauce. Ich hoffe, es ist dir nicht zu scharf.
Nicht das du vor lauter Brennen im Hals falsche
Befehle gibst und wir auf dem falschen Planeten
landen."
„Tja, dann wirst du künftig für kleine grüne
Männchen kochen müssen."
„Vielleicht mäkeln die weniger an meinem Essen
herum."
„Du würdest was vermissen. Ohne meinen
kritischen Gaumen, kannst du doch gar nicht
arbeiten."
Der Kapitän nahm am Offizierstisch Platz und ließ
sich das Steak schmecken.

3.
Die Wochen vergingen. Jeder tat seine Arbeit. Es
fiel allerdings anfangs sehr schwer, mit dem
Gewicht klarzukommen. Allmählich gewöhnte
man sich aber daran. Man sah, dass Gliese 581
immer heller wurde. Das Ziel der Reise war also
nicht mehr fern.
John lag auf Samanthas Bett. Sie zog sich gerade
an.

„Mein Dienst fängt gleich an." sprach Samantha,
„Du kannst ja noch ein bisschen bleiben. Frag
doch mal Herrn Freitag, ob er dich nicht anders
einteilen kann. Es wäre schön, wenn wir zur
gleichen Zeit Dienst hätten. Unsere
gemeinsamen Stunden sind doch arg begrenzt.
Du bist zwar im Moment ein sehr schwerer
Brocken, aber ich würde mich trotzdem freuen."
Sie ging zu ihm und gab ihm einen flüchtigen
Kuss und verließ das Zimmer. Nur ein Gang
weiter war ihr Arbeitsraum. Sie war
verantwortlich für das Recycling aller Abfälle an
Bord und für die Regenerierung der Atemluft und
des Trinkwassers. Neben ihrem Raum befand
sich der „Garten". Dort hatten die Biologen und
Chemiker das Sagen. Aus den Biolabors
stammten die meisten Nahrungsmittel. Eine
Besatzung von 38 Menschen über Jahre zu
versorgen, brauchte enorme biotechnische
Anlagen. Alle Nahrungsmittel kamen aus der
Retorte und mussten genauso gesund und
schmackhaft sein, wie natürliche Lebensmittel.
Auf der Erde lebten dreizehn Milliarden
Menschen. Die Ernährung einer solchen Anzahl
von Menschen war ohne Biochemie nicht
möglich. Trotzdem war die Erde ziemlich

„verbraucht". Es gab nur noch rudimentäre Reste von Wäldern, welche militärisch geschützt werden mussten. Nun schickte sich die Menschheit an, das Weltall zu erobern. Im heimatlichen Sonnensystem gab es etliche Außenposten auf den anderen Planeten. Es gab riesige Bergwerksanlagen auf dem Mond, dem Mars und den Monden der großen Gasplaneten. Das größte Rohstoffproblem waren die organischen Rohstoffe. Erdöl, Erdgas und Kohle gab es nur noch unter dem Meeresboden. Diese auch nur noch in einer Tiefe unter dreitausend Meter. Alle anderen Quellen waren bereits erschöpft. Auch in der Antarktis gab es nichts mehr zu holen. Durch die vielen Untertagebaue im Eispanzer war das Ökosystem der Antarktis völlig zerstört.

Die Expedition zum Gliese 581 diente auch dem Zweck, neue Rohstoffquellen zu finden. Die Messergebnisse der unbemannten Sonden zeigten, dass auf dem zweiten Planeten organisches Leben existierte. Nun musste genau geklärt werden, ob dies so war und wenn ja, wie weit entwickelt war dieses Leben?

Da die Sonden keine Technologie im Sonnensystem feststellen konnten, ging man davon aus, dass es kein hoch entwickeltes Leben gab. Wenn es überhaupt vernunftbegabtes Leben gab, dann war es höchstens vorindustriell. Selbst dafür gab es keine Anzeichen. Es gab allerdings eine sauerstoffhaltige Atmosphäre. Also muss es in irgendeiner Form pflanzliches und tierisches Leben geben.

Man war sich an Bord des Raumschiffes bewusst, dass ihre Reise äußerst schwierig und gefährlich war. Viele kamen sich wie die alten Seefahrer vor, welche manchmal jahrelang unterwegs waren, um neue Länder kennen zu lernen und neue Handelsrouten zu finden. Nur waren sie auf den Weltmeeren unterwegs und nicht im luftleeren Raum.

Das Raumschiff wurde von Sekunde zu Sekunde langsamer. Es flog in einer Spirale durch das System bis es schließlich in den Bereich des zweiten Planeten kam. Die Ärzte an Bord hatten alle Hände voll zu tun. Die Mannschaft war durch den jahrelangen Raumflug mit dem Kälteschlaf physisch und psychisch geschwächt. Aber man erreichte das Ziel wohlbehalten und unversehrt. In einem Abstand von fünfhunderttausend Kilometer schwenkte das Raumschiff „Isaac Newton" in den Orbit ein.

4.

Der zweite Planet lag nun zum Greifen nah vor
ihnen. Er wurde „Gaia" getauft. Zwei Monde
umkreisten ihn. Sie erhielten die Namen
„Hermes" und „Artemis". „Gaia" hatte einen
Durchmesser von elftausend Kilometer. Er war
also etwas kleiner als die Erde. „Hermes" war
zweitausend Kilometer groß und umkreiste den
Planeten in einem mittleren Abstand von
zweihundertachtzigtausend Kilometer. „Artemis"
war deutlich kleiner. Er war nur fünfzig Kilometer
groß und seine Umlaufbahn war in einem
Abstand von einer Million Kilometer.
Auf der Brücke war eine gespannte Atmosphäre.
Kapitän Knut Johansson, der erste Offizier John
O`Brian und Navigator Sahra Müller starrten auf
den riesigen Bildschirm.
„Frau Müller, ist unsere Umlaufbahn stabil?",
fragte Johansson.
„Ja." antwortete die Navigatorin.
„Gut. Wir werden während der nächsten zehn
Umläufe genaue Scans von der Oberfläche
machen. Suchen sie auch nach Anzeichen von
Städten oder Siedlungen."

Der Kapitän drückte eine Taste auf seinem Pult und sprach: „Brücke an Maschinenraum. Herr Freitag, was machen unsere Aggregate? Alles in Ordnung?“

„Alles in Ordnung.“

„Gut. Dann sollen ihre Leute eine unbemannte Kapsel fertig machen. Wenn alles gut geht, werden wir sie bald benötigen.“

Nach fünf Stunden waren die zehn Umläufe beendet und Sahra Müller machte dem Kapitän die Meldung: „Herr Kapitän. Die Scans sind abgeschlossen. Bis jetzt gibt es keine Anzeichen von Siedlungen. Auf den Ozeanen und Meeren sind nach unseren Erkenntnissen keine Schiffe unterwegs. Es sieht so aus, als ob es kein höher entwickeltes intelligentes Leben gibt.“

„Gut. Herr O`Brian, stellen Sie zwei Arbeitsgruppen zusammen. Die erste soll geologische Untersuchungen von Gaia machen und die zweite soll sich Hermes vornehmen!“

O`Brian verließ die Brücke.

Währenddessen machten Alexander Freitag und John York die Kapseln fertig. Sie justierten die Messinstrumente und überprüften die Triebwerke.

„Chef. Ich habe ein privates Anliegen. Wäre es möglich, dass sie mich einer anderen Schicht zuteilen könnten? Ich habe bereits mit Matti Sillanpää gesprochen. Er wäre bereit, mit mir zu tauschen."

„In Ordnung. Wenn er damit einverstanden ist. Ich habe nichts dagegen. Aber, wenn sie sich jetzt bitte ihrer eigentlichen Arbeit zuwenden würden."

„Selbstverständlich. Entschuldigen sie"
John freute sich. Nun könnte er viel mehr Zeit mit Samantha verbringen.

Die unbemannte Kapsel wurde nun gestartet. Sie soll in einem Abstand von eintausend Kilometern den Planeten umrunden und geologische Messungen durchführen. Die Messinstrumente in der Kapsel registrierten metallische Vorkommen bis mehrere Tausend Meter unter der Oberfläche. Auch wurden tektonische Plattenverschiebungen gemessen und der Vulkanismus aufgezeichnet.

Die Geologen Nguyen Che Doc und Peter Goodman saßen wie gebannt vor ihren Instrumenten. Die beiden hätten nicht unterschiedlicher sein können. Der Vietnamese war etwa 1,65 m groß und sehr schmal. Seine

Haarfarbe war natürlich pechschwarz. Der US-Amerikaner hingegen war ein Kerl wie ein Baum. Circa 2 Meter groß, rotblonde Haare mit lauter Sommersprossen im Gesicht. Er trug auch einen kleinen Schnurrbart. Seine Stimme war im Gegensatz zum kleinen Vietnamesen tief und kräftig. Der Rest der Mannschaft machte sich manchmal über das ungleiche Paar lustig. Man nannte sie, angelehnt an uralte Filme, Tom und Jerry. Ihr Raum war gleich hinter der Brücke. Sie wussten, dass sie die eigentliche Hauptaufgabe in der Expedition hatten. Vom Erfolg ihrer Arbeit hing das weitere irdische Vorgehen ab. Immerhin waren sie auf Rohstoffsuche.

„Siehst du Peter. Die tektonischen Verschiebungen sind ähnlich der der Erde. Auch gibt es viele aktive Vulkane an den Rändern der Platten. Eine wahre Schwester der Erde.“

„Ja. Du hast Recht. Nur das wir noch keine Spuren von Rohstoffen gefunden haben. Ist schon eigenartig. Nur ein paar unbedeutende Lagestätten fossiler Brennstoffe in flüssiger und fester Form. Man sollte meinen, es gibt hier alles in Hülle und Fülle. Aber das ganze Gegenteil ist der Fall. Wann bist du mit den Messungen fertig?“

„Gleich. Noch fünf Minuten. Dann habe ich alles abgetastet."
Als die fünf Minuten beendet waren, sprach der kleine Vietnamese: „So. Das war es. Nichts, aber auch gar nichts zu sehen. Wer geht zum Chef?"
„Ich gehe schon. Falls er schlechte Laune bekommt, passt auf meinen Rücken mehr drauf."
„O.K. big Man. Sag Sahra einen schönen Gruß."

5.

„Das gibt's doch gar nicht. Gar nichts zu sehen? Keine Erzvorkommen? Kaum fossile Brennstoffe. Der Planet ist so alt wie die Erde. Irgendetwas muss es dort geben. Es gibt mehrere Kontinente. Es gibt Meere. Der Salzgehalt der Meere ist etwas höher. Es gibt keine Hochzivilisation, die die Bodenschätze hätte ausbeuten können."
„Käpt`n, da unten ist nichts. Nur in den Meeren gibt es höhere Konzentrationen von Mineralien. Aber dies muss nichts zu sagen haben."
„Die Biologen versicherten mir, dass es eine Fülle von pflanzlichen und tierischen Leben gibt. Fossile Brennstoffe müssten vorhanden sein. Nicht zu verstehen."

Käpt`n Johansson begab sich zu den Biologen. Ihre Labors waren die größten an Bord, da zu ihnen auch der kleine parkähnliche Garten, die Treibhausanlage und diverse Versuchslabors gehörten.

Die Biologinnen Silvana Thornton und Petra Dunkelmann werteten noch die Ergebnisse der Oberflächenscans aus.

„Guten Morgen meine Damen.", sprach der Kapitän.

„Guten Morgen Käpt`n", antworteten beide fast gleichzeitig.

„Wie sieht es auf dem Planeten aus?"

„Gaia ist ähnlich aufgebaut, wie die Erde. Wir haben verschiedene Vegetationszonen ausmachen können. Sie reichen von polaren Gebieten an den Polen bis zu tropischen Gebieten am Äquator. Da die Neigung der Achse auch ähnlich ist, gleicht dieser Planet tatsächlich unserer Erde.", sprach Petra Dunkelmann.

„Allerdings muss man sagen, dass von der Vegetation aus gesehen, dieser Planet etwa so aussieht wie die Erde vor einigen Millionen Jahren. Es gibt entlang des Äquators und entlang der nördlichen und südlichen Kontinente sehr große Waldgebiete. Auch Wüsten und Steppen gibt es. Über die Tierwelt können wir noch nicht allzu viel sagen.", sprach Silvana Thornton.

„Das werden wir bei unseren Landeoperationen feststellen. Unklar ist, warum es hier keine Rohstoffe gibt. Auf der Erde vor Millionen Jahren gab es alles. Die ganze Bandbreite an fossilen und mineralischen Rohstoffen."

„Vielleicht waren schon andere vor uns da und haben alles ausgebeutet!", sagte Silvana Thornton.

„Eine Zivilisation, die dazu in der Lage ist, hätte unserer Erde auch einen Besuch abgestattet. So weit weg sind wir nicht. Man hätte gemerkt, dass die Erde bewohnbar ist. Wir haben schon am Anfang des 21. Jahrhunderts feststellen können, ob ein Planet erdähnlich ist oder nicht. Auch wenn es lange gedauert hat, waren diese alten Erkenntnisse die Grundlage für unseren heutigen Flug. Außerdem hätten wir schon bei unseren ersten Scans Anzeichen von Siedlungen oder Bergwerksanlagen finden müssen. Aber es wäre zu einfach gewesen, hier das Paradies zu finden."

„Wann werden wir das erste Mal landen?", fragte Petra Dunkelmann.

„Wahrscheinlich schon Morgen. Die
unbemannten Sonden müssen noch mit den
nötigen Messinstrumenten bestückt werden.
Setzen sie sich bitte mit Veerhoven zusammen.
Wir werden zwei Sonden landen. Ich möchte
wissen, wo die besten Landepositionen sind."
„Vielleicht waren sie doch auf der Erde, nur
haben wir nichts gemerkt davon.", sagte Silvana
Thornton. Der Kapitän schaute sie nur ungläubig
an und schüttelte den Kopf.
Rudi Veerhoven ist der holländische
Meteorologe. Er saß schon seit Tagen am
Computer und rechnete die neuesten
Wettermodelle durch. Bei der Landung soll es
schließlich keine Wetterkapriolen geben.
Die Techniker bestückten indes die Landesonden
mit den Messgeräten. Es ging vor allem um
Mikrofone, Kameras und Geräte für die Messung
der chemischen Zusammensetzung der
Atmosphäre am Boden und auch um virologische
und bakteriologische Untersuchungen.
Als der Kapitän in den Technikraum kam, waren
die Technikerin Sibel Kemal und John York
gerade dabei, die letzten Instrumente zu
installieren.

„Wie sieht es aus? Werden sie rechtzeitig
fertig?"
„Ja. Wir machen nur noch ein paar
Computersimulationen, dann sind wir fertig. Es
kann morgen in aller Frühe losgehen.", sagte
John zum Kapitän.
„Gut. John, sie werden die Steuerung
übernehmen. Wenn alles gut geht, werden sie

auch die erste bemannte Landung durchführen."
„Danke Käpt`n"

6.

Am nächsten Morgen war es auf der Brücke
etwas hektisch. Alle waren etwas nervös. Es war
immerhin das erste Mal, dass Menschen einen
bewohnten Planeten inspizierten.
„John", sprach der Kapitän, „gehen sie noch
einmal alle Systeme durch!"
„Okay."
Einige Minuten vergingen ehe John York Vollzug
meldete: „Kapitän, wir sind startbereit."
„Alles klar. Starten sie"

Eine runde Öffnung tat sich am Rumpf auf und
heraus schoss eine kleine Rakete. Sie nahm einen
Kurs, welcher sie in einem spitzen Winkel in die
Atmosphäre eintreten ließ. Sie sollte in der
Äquatorregion im offenen savannenartigen
Gebiet landen.
„Olga, schalten sie die Kameras ein"
Olga Komarova war eine russische
Kommunikationstechnikerin. Außerdem hatte sie

Linguistik studiert.
„John, gehen sie in einem langsamen Sinkflug
über. Wir wollen auch etwas von der Landschaft
sehen. Die Sichtverhältnisse sind hier etwas
anders als zu Hause. Gliese 581 ist ein roter
Zwerg. Es wird hier erheblich dunkler sein als bei
uns. Aber wir werden uns daran gewöhnen."
Um in den langsamen Sinkflug zu gehen, werden
kleine Flügel ausgeklappt. Damit kann die Rakete
wie ein Flugzeug fliegen. Die
Höchstgeschwindigkeit liegt dabei bei fünf Mach.
John ließ die Rakete allerdings mit einer
Geschwindigkeit von 500 km/h fliegen. So
konnte die Besatzung im Raumschiff gut die
Landschaft beobachten und man konnte sogar
Einzelheiten erkennen. Wer an Bord keine

Arbeiten zu erledigen hatte, verfolgte das Geschehen an den Bildschirmen. Unter ihnen zeigte sich ein Szenario der irdischen Steppen. Alles schien aber in einem orange-roten Ton. Alles wie im Dämmerlicht von Abendstunden. Gliese 581 schien den ganzen Planeten mit einem glutroten Teppich bedecken zu wollen.

„Dort Kapitän, eine Tierherde. Sie hüpfen wie unsere Kängurus. Es könnten etwa einhundert Tiere sein."

„Drehen sie eine Runde und gehen sie hier runter. Oder warten sie! Dort hinten in zirka einen Kilometer Entfernung stehen Sträucher oder ähnliches. Landen sie dort."

Gesagt, getan. In einhundert Meter Entfernung zu den strauchähnlichen Pflanzen landete John die Rakete. Die Landschaft ähnelte sehr stark einer irdischen Steppe. Kurze , etwa 20 cm hohe dichte Pflanzen. Ab und zu ein Busch.

„Olga, geben sie mir Umweltdaten!", sprach der Kapitän.

„Temperatur 22,5 Grad Celsius, Luftfeuchtigkeit 55 Prozent, Sauerstoff 24 Prozent, Stickstoff 75 Prozent, Kohlendioxid 0,02 Prozent, Spuren von Kohlenmonoxid, Argon, Methan, Wasserstoff und Helium. Wie eine Schwester der Erde. Die

Radioaktivität ist faktisch Null." Olgas Augen
leuchteten, als sie die Daten vom Computer las.
Kapitän Johansson sprach: „Leute, Leute. Wenn
das nicht eine Einladung zur bemannten Landung
ist. John, bereiten sie alles vor für eine
Bioanalyse. Mal sehen, was so in der Luft
herumschwirrt. Nehmen sie auch einige
Bodenproben und lassen sie diese untersuchen.
Unsere Biologen warten sicher schon auf die
Ergebnisse. Machen sie auch mit dem Greifarm
einige Pflanzenteile ab. Wir werden alles mit an
Bord bringen und hier oben untersuchen."
„Alles klar." antwortete der Chefingenieur.
Langsam fuhr der Greifarm aus und schnitt
präzise und mit aller Vorsicht einige Blätter von
den niedrigen Pflanzen. Luftproben und
Bodenproben wurden in sicheren Behältern
gelagert.
„Olga, schalten sie das Außenmikrofon an. Und
machen sie einen dreihundertsechzig Grad Blick
mit der Kamera. Schön langsam. Dort", rief er
laut aus, „die Herde. Bitte heranzoomen."
Nun wurden Details der Tiere sichtbar. Sie hatten
vier Beine. Zwei lange geknickte Hinterbeine und
zwei kurze Vorderbeine. Dazu einen langen
Schwanz. Der Kopf saß direkt auf dem Rumpf.

Die Haut schien glatt zu sein, ohne Fell. Sie
schimmerte bläulich metallisch. Der Kopf war
abgeflacht und lief nach vorn spitz aus. An der
Spitze war eine Öffnung. An den Seiten waren
zwei kleine, dunkle, runde Gebilde.
Petra Dunkelmann, die Biologin, betrat die
Brücke. Sie sah gespannt auf den großen
Bildschirm. Der Bildschirm im Biolabor war
wesentlich kleiner.
„Diese kleinen Dinger an der Seite sind vielleicht
die Augen, und die kleine Öffnung an der
Kopfspitze vielleicht der Mund. Allerdings sehe
ich noch nichts, was wie eine Atmungsöffnung
aussieht.", sprach sie. „Können wir Röntgen- und
Infrarotaufnahmen bekommen?", fragte sie.
„Selbstverständlich.", antwortete Olga.
„Gut. Es wird einige Zeit dauern, dies alles
auszuwerten. Ich bin im Labor."
Auf dem Bildschirm konnte der Zuschauer nun
ein schier unglaubliches Schauspiel verfolgen.
Aus den Büschen sprangen etwa zwanzig mit
Steinen und Stöcken bewaffnete zweibeinige
Gestalten heraus und liefen auf die Herde zu. Die
Tiere rannten in panischer Angst davon. Die
Zweibeiner schrien und pfiffen dabei sehr laut.
Als die Herde etwa zweihundert Meter gehüpft

war, stürzten zwei von ihnen in eine Grube. Die Zuschauer von der Erde waren Zeugen einer Jagdszene geworden. Alle hielten den Atem an, als die Zweibeiner die Grube erreichten. Was sich konkret in der Grube abspielte, konnte man nur erahnen. Die Jäger schmissen Steine und die Stöcke in die Grube.

Der Kapitän fand als erster die Sprache wieder. „Das sah aus wie ein Film über die Steinzeit auf der Erde. Unglaublich. Einfach unglaublich. Zeichnen sie alles auf. Morgen werden wir alles auswerten. Olga, rufen sie ihre Ablösung. John machen sie Feierabend!"

7.

John ging nach Feierabend in die Messe. Dort wartete schon Samantha auf ihn. Er gab ihr einen flüchtigen Kuss und setzte sich.

„Sam, du wirst nicht glauben, was wir gefilmt haben."

„Ich konnte es verfolgen. Alex hat die Bildschirme angemacht. Wenn die Arbeit nicht darunter leidet, können wir uns dies mit anschauen."

„Es war fantastisch. Ich bin gespannt, was wir
noch entdecken. Der Käpt'n sagte, dass wir zwei
Tage mit der Sonde unten bleiben. Dann werden
die Ergebnisse ausgewertet. Dann werden wir
bemannt landen. Und ich werde der Pilot sein.
Nancy platzt schon vor Neid." sprach John.
„Du bist gemein." meinte Samantha.
„Ach komm. Sie bläst sich sowieso immer auf, als
wäre sie was Besonderes. Nur weil ihr Vater
zweimal Pilot zum Uranus war, tut sie so, als wird
es bei ihr in den Genen stecken."
„Es wird erzählt, dass sie mit Peter Goodman
liiert ist."
„Woher willst du das wissen?"
„Ewa Svoboda hat sie am frühen Morgen aus
Peter seiner Kabine kommen sehen."
„Warum nicht. Wir sind sehr lange unterwegs.
Da passiert schon so etwas. Wir sind schließlich
auch ein Paar und haben unseren Spaß."
„Ah, du willst also nur deinen Spaß mit mir. Na
warte, heute Abend wird es einsam in deinem
Bett!" Sie lachte und stibitzte ihm ein Stück
Fleisch vom Teller und steckte es sich in den
Mund.
„Ach, ich muss noch in den Fitnessraum meine
Übungen machen. Wir sehen uns dann."

„Okay. Und ich habe einen Termin bei Dr. Hoffmann.“
„Du bist wohl schwanger?
„Oh, Gott bewahre! Du würdest dich wohl freuen?“
„Ein kleiner Johnny wäre nicht schlecht.“
„Das könnte dir so passen. Aber es ist nur eine Routineuntersuchung. Bis nachher.“ Jeder ging seines Wegs.
Spät am Abend klopfte es dann an Johns Tür. Als John die Tür aufmachte, stand Samantha davor.
„Na, wolltest du mich heute nicht allein lassen?“, fragte er. Sie umarmte und küsste ihn als Antwort.

8.

Am nächsten Morgen hatte John wieder Dienst auf der Brücke. Diensthabender Brückenoffizier war Jasmina Al-Dhabi, die Chefastronomin und an der Kommunikationsanlage saß wieder Olga Komarova.
„Gab es in der Nacht etwas Außergewöhnliches Frau Al-Dhabi?“, fragte John.

„Es wurden allerhand nachtaktive Tiere gefilmt.
Die Biologen sind schon bei der Auswertung."
Auf dem Bildschirm zeigte sich nun in einer
Entfernung von einem Kilometer wieder die
Tierherde, welche sie am Tag zuvor gesehen
hatten.
Plötzlich hörten sie einen schrillen Laut. Er kam
direkt aus der Herde. Die Tiere liefen so schnell
sie konnten davon. Wie auf Kommando
wechselten sie die Richtung und kamen nun
direkt auf die Sonde zugelaufen. Im Raumschiff
befürchtete man schon das Schlimmste. Wie
durch ein Wunder passierte der Sonde gar nichts.
Die Tiere rannten einfach um sie herum. Ein
starkes Dröhnen kam aus den Lautsprechern. Das
Trampeln der Tiere hörte sich wie ein gewaltiger
Vulkanausbruch an. Minuten vergingen. Die
Raumfahrer sahen dann auch den Grund für die
Panik unter den Tieren. Ein anderes riesiges Tier
stürzte hinter ihnen her. Es lief auf vier Beinen.
Die Haut war schuppig. Es war wie ein Mischling
aus Löwe und Krokodil. Und es war unheimlich
schnell. Die Geräte haben eine Geschwindigkeit
von fünfundachtzig Kilometer pro Stunde
gemessen. Als der „Löwe" die Herde erreichte,
schlug er mit der Vordertatze gegen das

Hinterbein des letzten Herdentieres. Dieses stolperte und der „Löwe" packte es mit beiden Vorderpfoten und biss mit seinem riesigen Maul in den Hals des Tieres. Aus dem Lautsprecher drang ein fürchterlicher Schrei. Man konnte den Todeskampf am Bildschirm miterleben. Das ganze dauerte noch eine Minute und der „Löwe" konnte seine leblose Beute ins Dickicht schleppen. Dort angekommen hörten sie wieder diesen ohrenbetäubenden Schrei. Und aus dem Dickicht kamen zwölf kleine „Löwen" und beteiligten sich am Mahl. Das erwachsene Tier schaute nach allen Seiten und auch nach oben. Frau Al-Dhabi fasste sich als erste: „John, schwenken sie mit der Kamera nach oben."
Von oben kam ein großes Tier direkt auf die Gruppe zu. Der „Löwe" schien es auch bemerkt zu haben und zog den Kadaver weiter in das Dickicht hinein. Die Kleinen folgten ihm. Der große Flieger kam so nicht heran und musste abziehen. Man konnte sie auch im Raumschiff nun nicht mehr sehen.
„John! Schwenken sie mit der Kamera wieder zurück. Wir wollen sehen, was die Herde macht.", sprach die Astronomin.

„Die Herde hat sich wieder beruhigt. Sie ziehen ganz langsam weiter. Einige fressen auch in aller Ruhe weiter." sprach John York.
„Nehmen sie jetzt noch ein paar Luftproben und dann machen sie die Sonde wieder startklar." sagte Frau Al-Dhabi.
„Okay."
Am nächsten Tag fand beim Kapitän eine Arbeitsberatung statt. Teilnehmer waren außer dem Kapitän Johansson, der sambische Chefarzt Joshua Khama, die Biologin Petra Dunkelmann, der Meteorologe Rudi Veerhoven, der Geologe Peter Goodman, der Chefingenieur Alexander Freitag und der Chemiker Salvatore Cellini.
„Frau Dunkelmann! Haben sie erste Ergebnisse aus dem Gesehenen?"
„Ja. Alles, was wir gesehen haben deutet darauf hin, dass wir es mit einer Situation zu tun haben, die der Erde vor circa einhundert Million Jahren ähnelt. Mit einem Unterschied, die bewaffneten Jäger. Alle tierischen Lebewesen, welche wir sahen, sind wahrscheinlich Reptilien. Sie tragen auf jeden Fall kein Fell. Die Haut glänzt etwas metallisch und scheint schuppig zu sein. Die zweibeinigen Jäger scheinen auf einer Stufe zu stehen, wie der irdische Homo erectus. Dies ist

allerdings eine noch sehr vage These. Der Schuppenlöwe, wir haben ihn so getauft, scheint ein reiner Fleischfresser zu sein. Das Tier, welches aus der Luft angriff sieht rein äußerlich wie ein Pterodaktylus aus. Also auch reptilartig. Wir meinen, dass hier eine höhere Entwicklung ohne Säugetiere stattfand. Wenn es Säuger gibt, dann spielen sie eine eher untergeordnete Rolle. Wir fanden ein Tier, welches dem Baumkänguruh aus Neuguinea und Australien ähnelt. Es ist eindeutig ein Beuteltier. Allerdings ist es nur zehn Zentimeter groß. Da es nicht wahrscheinlich ist, dass es nur ein solches Tier gibt, werden wir sicher noch mehrere ähnliche Tierarten entdecken"

Der Meteorologe Veerhoven sprach: „Alle Berechnungen ergaben, dass das Klima dem der Erde ähnelt. Wir haben alles, von den Polargebieten bis zu den Tropen. Unsere Sonde landete in einem Gebiet in dem ein feuchtes Savannenklima herrscht. Zurzeit ist dort Trockenzeit. Die mittlere Tagestemperatur liegt bei achtundzwanzig Grad Celsius. Nachts etwa 10 Grad weniger. Die Luftfeuchtigkeit liegt bei sechzig Prozent."

„Was sagt unser Chemiker zur
Luftzusammensetzung?", fragt der Kapitän.
„Die Luftzusammensetzung am Boden ist
genauso wie erwartet. Es gibt keine giftigen
Gase. Für uns ist die Luft ideal." sprach Salvatore
Cellini.
„Herr Goodman, ist die Gegend, geologisch
gesehen, ein guter Landeplatz?" fragte der
Kapitän.
„Ja. Es gibt keine vulkanischen Aktivitäten. Von
hier ausgesehen ist auch das Erdbebenrisiko sehr
klein. Mir ist allerdings immer noch sehr
schleierhaft, wieso es keine Erze gibt, keine
Kohle oder irgendetwas anderes." antwortete
Peter Goodman.
Kapitän Johansson schaute nun zum
Chefingenieur und fragte: „Tja, das werden wir
auch noch klären. Wir oder die nächste
Expedition. Herr Freitag, was macht unsere
Sonde? Geht es ihr gut?"
„Ausgezeichnet. Wir können sie wieder
zurückholen. Alle Systeme laufen einwandfrei."
„Gut. Dann bereiten sie das bemannte
Landeschiff vor. Wenn unsere Sonde wieder hier
ist erwarte ich schnellstens Ergebnisse. An die
Arbeit."

9.

Langsam hob die Sonde vom Planeten ab. Sie drehten noch ein paar Runden und flog dann direkt zum Raumschiff. Zwei Stunden später dockte sie an.

John hatte danach frei. Er wollte sich mit Samantha im Garten treffen. Dieser Garten hatte neben den Gemüse- und Obsthallen auch einen kleinen Erholungsteil. Ein kleiner Teich und ein paar Blumenrabatten und Gehölzgruppen. Dazwischen gibt es etwas versteckt ein paar Bänke. Sogar ein paar Wellensittiche, Kanarienvögel und Schmetterlinge gab es dort. Für Verliebte gibt es auch ein paar Pavillons. Samantha und John trafen sich in einem solchen Pavillon. Als John kam, war Samantha schon da. Sie lag auf einer Liege im Pavillon. Er ging zu ihr, umarmte und küsste sie.

„Ach Sam. Ich habe ein bisschen Sehnsucht nach der Erde. Jetzt mit dir in einer einsamen Bucht am Strand liegen, die Sonne genießen, baden. Wir könnten uns lieben. Oh, wäre das schön."

„John. Hör auf zu träumen. Sonst wirst du noch depressiv. Hier ist es auch schön. Wir haben uns. Ich liebe dich. Aber du könntest dich mal wieder rasieren. Du stachelst wie ein Stachelschwein.

Außerdem sind deine Haare ziemlich struppig. Haare schneiden ist mal wieder angesagt. Indira Sarojini ist darin ziemlich gut. Sie hat vor dieser Expedition einen Grundkurs zum Frisieren abgelegt." Samantha schmiegt sich an ihn und umarmte ihn.

Nach einer halben Stunde sagte sie zu ihm: „Kommst du mit in die Cafeteria? Ich möchte einen Espresso trinken."

„Du bist ein unruhiger Geist. Na gut. Ich komme mit. Morgen geh ich zu Indira."

In der Cafeteria angekommen, sahen sie Corinna Mumba und Fred Kleinschmidt. Corinna kam aus dem Kongo und betreute die Reinigungsroboter. Fred Kleinschmidt war Deutscher und war mitverantwortlich für die Versorgungstechnik.

„Komm, wir setzen uns zu Corinna und Fred.", sagte Samantha zu John.

Sie setzten sich. Der Bedienungsroboter kam. John sagte zu ihm: „Zwei Espresso und zwei Nussecken."

„Na John, " sagte Fred, „du siehst nicht gerade glücklich aus. Eigentlich müsstest du doch sehr zufrieden sein. Die unbemannte Landung hat doch sehr gut geklappt. Und wie ich hörte, wirst

du auch bei der ersten bemannten Landung
dabei sein."
„Du hast Recht, Aber es ist nicht ein Tag wie der
andere." sprach John.
„John träumt von der Erde", sagt Samantha.
„Tja, wer tut das nicht. Aber es hilft alles nichts.
Wir sind hier. Das wird auch noch eine Weile so
bleiben. Der Kapitän sagte, wenn alles gut geht,
wird jeder einmal auf dem Planeten sein. Da
kann jeder einmal frische Luft atmen, bevor wir
dann wieder viele Jahre im Raumschiff
eingesperrt sind.", sprach Corinna.
„Corinna, du verstehst es prima einen
aufzumuntern.", sprach John.
„Ja, ja. So ist meine Kleine.", sprach Fred. „Wir
müssen jetzt beide zum Dienst. Bis später."
Corinna und Fred erhoben sich und gingen.
Samantha fragte John: „Gehen wir zu mir oder zu
dir?"
„Wir gehen zu dir."
Sie erhoben sich ebenfalls und gingen langsam zu
Samanthas Kabine.

10.

„Wir haben in den Bodenproben eine Fülle von
unbekannten Bakterien gefunden. Ebenfalls in
der Luft. Wir halten es für bedenklich, ohne
Skaphander diese unbekannte Welt zu
betreten.", sprach die Biologin Petra
Dunkelmann.
„Die Bodenproben ergaben für uns, dass es sich
um gewöhnliches Erdreich handelt. Wir benutzen
mal dieses Wort. Es handelt sich um
lehmhaltigen Boden.", sprach der Geologe
Goodman.
„Na gut.", sprach der Kapitän etwas gedehnt.
„Wir werden also bemannt landen. Ich werde die
Leitung übernehmen. Mit mir kommen als Pilot
John York, Frau Dunkelmann als Biologin, Herr
Goodman als Geologe, Dr. Rossi als Arzt und
Sahra Müller von der Kommunikation. Die
genannten Personen begeben sich bitte zur
Ruhe. Ich schaue noch bei Herrn Adamov vorbei.
Wir werden jeder eine Laserpistole mitnehmen.
Man weiß nie was passiert. In fünf Stunden geht
es los."
Während alle sich zur Ruhe begaben, ging der
Kapitän noch zum Waffenoffizier, dem Bulgaren
Iwan Adamov.

„Herr Adamov, wie sieht es aus? Sind alle Waffen geladen? Wir benötigen sechs Stück." sprach der Käpt'n.
„Alle Waffen sind geladen und Einsatzbereit." antwortete Adamov.
„Ich hoffe nicht, dass wir sie brauchen. Aber man weiß ja nie." sagte Johansson.
„Rechnen sie mit einem bewaffneten Konflikt?" fragte Adamov.
„Eigentlich nicht. Aber diese fremde Welt ist unberechenbar. Man muss auf alles vorbereitet sein." war des Käpt'n Antwort.
„Sie haben sicher Recht. Wann kann ich eigentlich mit hinunter?" wollte Adamov wissen.
„Ich weiß noch nicht. Es hängt alles davon ab, wie unsere erste bemannte Landung ausgeht. Aber ich denke bei der nächsten oder übernächsten Landung werden sie dabei sein."
„Okay. Na denn. Alles Gute.
„Danke."
Dann begab auch der Kapitän sich in seine Kabine und legte sich noch ein bisschen auf seine Koje.

11.

„John, haben sie alle Systeme durchgecheckt?",
fragte der Kapitän, als alle in der Landefähre
saßen.

„Alles Okay.!"

„Na dann los! Bringen sie uns hinunter. Wir
landen genau an der Stelle, wie die unbemannte
Sonde!"

„Okay."

Die Hangarklappe des Raumschiffes öffnete sich
und die Landefähre flog heraus. Langsam
näherte sie sich dem Planeten. Sie war mit einem
Ionentriebwerk ausgerüstet. Etwa fünf Stunden
dauert der Landeanflug auf Gaia. Die Landefähre
ähnelt, rein vom Äußerlichen, auch heute noch
einem Space Shuttle aus dem 21. Jahrhundert.
Nur dass diese einen solchen Antrieb nicht
hatten.

Als sie der Oberfläche nahe kamen, sahen alle
wie gebannt aus den Fenstern. Es war das erste
Mal, dass ein Mensch einen Planeten außerhalb
des eigenen Sonnensystems betreten sollte. Der
Kapitän hat diesen Schritt natürlich für sich selbst
reserviert. Allerdings sollte vorher ein Roboter
die Fähre verlassen. Erst nach dem der

Landeplatz kontrolliert wurde, konnte er von den Kosmonauten betreten werden.

Unter ihnen glitt die Landschaft vorbei. Auf der Erde gab es dergleichen nicht mehr. Da die Natur auf dem Heimatplaneten sehr zurückgedrängt wurde, war dies hier für alle etwas ganz Neues.

„So etwa muss es vor zweihundert Jahren in der Serengeti ausgesehen haben.“, sagte der Kapitän. „Ich habe dies auf alten Fotos und in alten Filmen gesehen. Es ist unbeschreiblich schön. Findet ihr nicht auch?“

„Ja, unbeschreiblich schön.“, sprach John.

„Diese grenzenlose Weite. Alles mit Gras oder ähnlichem bedeckt. Große Tierherden weiden, Raubtiere gehen auf Jagd. Unglaublich, dass dies auch auf unserer guten alten Erde mal so war.“, sagte Petra Dunkelmann.

„Vielleicht wird es irgendwann bei uns auch mal wieder so. Immerhin wurde das Bevölkerungswachstum seit ein paar Jahren gestoppt. Dreizehn Milliarden sind ja auch mehr als genug. Rohstoffe gibt es auch nicht mehr viele. Die Arbeitsplätze der Zukunft werden im Weltall liegen. Einige Tausend Menschen arbeiten schon auf der Weltraumwerft, auf dem

Mond, dem Mars und den Monden der großen
Gasplaneten."; meinte der Kapitän.
„Tja, die Menschheit zieht aus, um das Weltall zu
erobern.", sprach John.
„Wenn man uns lässt.", sagte Petra Dunkelmann.
„Wie meinst du das?", fragte Sahra Müller.
„Wir werden nicht die einzige Intelligenz im
Weltall sein. Es wird Intelligenzen geben, welche
uns Jahrtausende voraus sein werden."
antwortete Petra Dunkelmann.
„Natürlich wird es intelligentes Leben im Weltall
geben. Aber so hoch entwickelt?" fragte Sahra
Müller.
Petra Dunkelmann holte tief Luft und sprach:
„Du brauchst dir bloß die biologische
Entwicklung auf der Erde anschauen. Wäre der
Komet vor fünfundsechzig Millionen Jahren nicht
auf die Erde gestürzt, wären die Dinosaurier
nicht ausgestorben. Die Evolution hätte einen
ganz anderen Verlauf genommen. Es gab
Dinosaurier, welche die Vordergliedmaßen zum
Greifen genommen haben. Dies ist der erste
Schritt zur Intelligenz. Vernunftbegabte Echsen
wären dann die logische Folge. Zehn oder
zwanzig Millionen Jahre später wäre es auf der
Erde so weit gewesen. Es ist zwar noch nicht

genau bewiesen, aber die Paläontologen glauben, dass die Dinosaurier zum Teil schon Warmblüter waren. Habt ihr euch die Jäger hier auf Gaia genau angesehen? Hier könnte die Evolution genau diesen Weg gehen."
„Intelligente Eidechsen. Nun gut. Warum nicht.", sagte Peter Goodman und lachte.
„Das ist wieder typisch. Wir sind noch nicht richtig hier und der Mensch wird schon wieder rassistisch. Wir sollten nicht so reden.", sprach die Biologin.
Dr. Rossi pflichtete ihr zu: „Rassismus ist das letzte, was wir gebrauchen können."
„Streitet euch nicht. Wir werden sehen, wie hoch entwickelt die Jäger sind.", sprach der Kapitän.
„Es ist völlig egal, wie hoch entwickelt sie sind. Wir sind hier, um zu forschen und nicht um andere auszubeuten.", sagte Petra Dunkelmann.
„Schluss jetzt. Konzentrieren sie sich auf die Landung! Alles andere ist jetzt nebensächlich.", befahl Johansson.
Schweigend sahen jetzt alle wieder aus den Fenstern. Unter ihnen zog eine fremde Welt vorbei. Sie ähnelte sehr der Erde, war aber doch ganz anders.

12.

Ganz sanft setzte die Landefähre auf. John schaltete die Triebwerke aus. Als sie verstummten, umgab sie eine ohrenbetäubende Stille. Keiner wagte auch nur einen Laut von sich zugeben. Sie hatten als erste Menschen einen fremden Planeten erreicht.

Der Kapitän raffte sich als erster auf. Er räusperte sich. Mit seiner kräftigen Stimme sprach er eigenartig ruhig und gefasst: „Leute. Wir sind unten. Es ist ein historischer Moment. Kostet ihn aus. John, klappen sie die Jalousien hoch. Wir wollen sehen, wie es da draußen aussieht. Frau Dunkelmann, checken sie die Umgebung ob Tiere in der Nähe sind."

„Alles ruhig. Es ist nichts zu sehen und zu hören. Ich denke, dass wir beruhigt aussteigen können."

„Gut. Ziehen sie bitte alle die Skaphander an. Herr York und Herr Goodman bleiben zunächst an Bord. Die Anderen steigen mit mir aus.", sprach der Kapitän.

Dr. Rossi sprach zum Kapitän: „Sie, Kapitän, sollten als erster den Boden berühren. Ihnen gebührt diese Ehre!"

„Danke."

Die Tür des Shuttles klappte auf. Eine Treppe war in dieser Tür integriert. Der Kapitän stieg als erster aus dem Schiff. Ihm war richtig feierlich zumute. Er holte tief Luft und wagte den ersten Schritt von der Treppe auf den Boden von Gaia. Er ging ein paar Meter und winkte den anderen zu.

„Kommt. Es ist ein fantastischer Moment. Ich komme mir vor wie Neil Armstrong.“

„Wer ist Neil Armstrong?“, fragte Sahra Müller.

„Sie kennen sich in der Geschichte der Raumfahrt wohl nicht aus?“, fragte der Kapitän zurück.

„Nicht besonders.“ war Sahras Antwort.

„Armstrong war der erste Mensch, welcher den Mond betrat. Das war vor etwa zweihundertundfünfzig Jahren. Er war ein Landsmann von Goodman.“ erklärte Johansson.

„Ich dachte immer, ein Russe war der erste.“ sagte Sahra Müller.

Johansson schüttelte den Kopf und sprach:

„Nein. Der Russe Juri Gagarin war der erste Mensch überhaupt im Weltall. Er umrundete aber nur die Erde ein paar Mal.“

„Wieder was dazu gelernt.“ meinte Peter Goodman.

„Tja, man lernt halt nie aus." sprach der Kapitän.
Sie gingen ein paar Schritte um die Landefähre
herum. Aus dem Raumschiff meldete sich John
York: „Käpt`n. Sie sollten alle wieder schnell in
die Fähre kommen. Auf der Kamera ist etwas
Größeres zu sehen. Es kommt direkt auf uns zu."
„Alle sofort ins Schiff!", befahl der Kapitän.
Mit schnellen Schritten eilten alle ins Schiff. Der
Kapitän schloss die Klappe. Alle sahen wie
gebannt aus den Fenstern, was da wohl auf sie
zukam. Was sie dann sahen, ließ ihnen das Blut
in den Adern gefrieren. Es kam mit riesigen
Schritten ein gewaltiges Tier auf die Landefähre
zu. Der Körper ähnelte einem großen Pferd, der
Kopf allerdings einem Alligator. Ganz
offensichtlich war es ein Raubtier. Es lief in etwa
fünf Meter Abstand an der Fähre vorbei, ohne
Notiz von ihr zu nehmen. Über die
Außenmikrofone, war ein sehr lautes Schnauben
zu hören. Nach kurzer Zeit war es im Gebüsch
verschwunden.
Der Kapitän rief das Raumschiff: „Fähre an
Raumschiff Newton!"
„Käpt`n, wir hören.", es war die Stimme von Olga
Komarova, die zu hören war.

„Olga, verfolgen sie das große Tier mit der
Kamera. Ich möchte wissen, wo es hin will."
An Bord des Raumschiffes waren Kameras direkt
auf die Landefähre gerichtet. Bei maximaler
Vergrößerung konnte man selbst Gesichter auf
dem Planeten erkennen. Es war also kein
Problem, dieses große Tier zu verfolgen.
„Okay. Es läuft gerade zu einem anderen Tier,
welches leblos am Boden liegt. Etwa fünfhundert
Meter von Ihnen entfernt. Jetzt beugt es sich
darüber und fängt an zu fressen. Mehrere
kleinere Tiere sind bei seinem Auftauchen
davongelaufen. Es scheint also ein Aasfresser zu
sein." sprach Olga Komarova.
Der Käpt'n rief: „Wir können es auf unseren
Monitoren verfolgen. Es ist schon wahnsinnig
interessant. Ich möchte ihm aber in freier Natur
nicht unbedingt begegnen. Viele Aasfresser sind
auch Jäger."
„Wir werden euch weiter im Auge behalten."
sprach Olga.
Der Kapitän sprach nun wieder zu seinen Leuten
in dem Shuttle: „So. Wir werden jetzt die Kojen
vorbereiten. In einer Stunde geht die Sonne
unter. Unsere Außenbordkameras und
Mikrofone bleiben in Betrieb. Wir werden

abwechselnd jeweils eine Stunde Wache halten. John, sie fangen an. Dann folgt Dr. Rossi, dann Sahra Müller, dann Petra Dunkelmann, dann Peter Goodman und der letzte bin ich. Alles klar?", er blickte in die Runde. Alle nickten zur Bestätigung.

13.
Die Nacht verlief ruhig. Das einzige, was man sah, war ein Feuer. Es war in zwei Kilometer Entfernung. Auch vom Raumschiff sah man es. Es war aber ein sehr kleines Feuer. Der Kapitän sprach aus, was alle dachten: „Es ist ein Lagerfeuer. Es muss von den Jägern sein, welche wir bei der Landung der Sonde gesehen haben. Sie beherrschen also schon das Feuer. Sehr interessant. Morgen werden wir mit dem Skooter hinfahren. Und nun Nachtruhe!"
Nach einer kurzen Nachtruhe von sechs Stunden gab es erst einmal Frühstück. Petra Dunkelmann nahm die Verpflegungsbeutel und gab jedem einen. Sahra Müller bereitete inzwischen den Kaffee. Nach diesem kurzen Frühstück packten

sie gemeinsam den Skooter. Er bot vier Personen Platz.

„John und ich bleiben hier. Die Kameras vom Skooter bleiben an. Wir wollen von hieraus verfolgen, was ihr seht. Petra, sie haben die Leitung. Alles klar?" sprach Kapitän Johansson.

„Alles klar", sprach sie.

Langsam fuhr der Skooter in Richtung des Lagerfeuers aus der letzten Nacht. Die Koordinaten waren bekannt und wurden in den Computer eingegeben. Man konnte sich also nicht verfahren. Trotzdem fuhren sie sehr langsam. Sie wollten auf keinen Fall bemerkt werden.

Petra Dunkelmann sprach: „Wir werden fünfhundert Meter vor der Feuerstelle anhalten und aussteigen. Sahra, du bleibst im Fahrzeug."

„Nehmen wir Waffen mit?", fragte Dr. Rossi.

„Auf jeden Fall! Wir werden auch jeder einen kleinen Handscanner mitnehmen. Und äußerste Vorsicht. Geredet wird nur im Notfall. Wir wissen nicht, wie gut ihr Gehör ist."

„Okay."

Der Skooter hielt an und sie stiegen aus. Das Gras war vom Morgentau etwas feucht. Aber die Skaphanderstiefel waren rutschfest. Überall waren Sträucher und niedrige Bäume. Ganz langsam und mit großer Vorsicht bewegten sie sich vorwärts. Nach zweihundert Metern kamen sie auf eine Lichtung. Etwa dreihundert Meter vor ihnen sahen sie eine Gruppe von Jägern. Das Lagerfeuer brannte noch. Etwa fünfzig Meter links von dem Lager befand sich ein Felsen. Er war acht Meter hoch. Auf ihm saß ein Jäger mit einem Speer bewaffnet. Von dort hatte er einen guten Überblick. Die Gruppe bestand aus zweiundzwanzig Individuen. Fünf von ihnen waren noch sehr klein. Offenbar Kinder. Eines musste sogar noch getragen werden. Irgendwelche Behausungen waren nicht zu sehen. Sie schliefen offenbar im Freien. Es war auch nicht zu sehen, dass sie irgendeine Art von Kleidung trugen. Eine Gruppe von fünf Erwachsenen setzte sich plötzlich in Richtung der Menschen in Bewegung. Petra Dunkelmann gab den anderen zu verstehen, dass man sich zurückziehen sollte. Eine direkte Begegnung war zum jetzigen Zeitpunkt nicht ratsam. Sehr langsam und vorsichtig gingen sie wieder in Richtung Fahrzeug. Aber fünfzig Meter vor dem Skooter passierte etwas Folgenschweres. Peter Goodman ging voraus. Plötzlich stürzte er in eine

Grube, welche sich urplötzlich vor ihm auftat. Sie war mit kleinen Ästen und Reisig bedeckt worden, sodass man sie nicht entdecken konnte. Goodman schrie laut auf. Die anderen Beiden stürmten zu ihm. Er lag in drei Meter Tiefe. Zu allem Unglück waren auf dem Grubenboden spitze Stöcke. An einem von Ihnen verletzte sich Goodman. Der Skaphander bekam ein Leck. Mit lautem Zischen entwich Luft. Doch dieses wurde automatisch durch eine klebrige Masse sofort verschlossen. „Sahra, komm sofort mit dem Fahrzeug zu uns", schrie Petra Dunkelmann, „und sie Doktor passen auf. Die Jäger werden dies hier mitbekommen haben."
Von der Landefähre meldete sich der Kapitän: „Was ist passiert?"
„Peter Goodman ist in eine Fallgrube gestürzt. Wir brauchen Unterstützung vom Raumschiff. Die Kameras sollen von oben überwachen. Die Jäger können nicht mehr weit sein."
Das Fahrzeug war in Minutenschnelle am Unfallort. Mit Hilfe einer Winde holten sie Peter Goodman aus der Grube direkt in den Skooter. Er schrie dabei laut auf vor Schmerzen. Dr. Rossi gab ihm als erstes ein Schmerzmittel. Gemeinsam zogen sie ihm den Raumanzug aus.

Die Verletzung, die er sich zugezogen hatte, war eine schwere Fleischwunde am rechten Oberschenkel. Sie blutete sehr stark.
Der Skooter setze sich in Bewegung. Die Rückfahrt zur Landefähre ging diesmal wesentlich schneller. John York machte inzwischen die Fähre startklar.
Als der Skooter ankam, sprach der Kapitän:
„John, sie fliegen mit Dr. Rossi zum Schiff. Wir anderen bleiben noch auf dem Planeten und beobachten weiter."
„Okay."
Die Fähre erhob sich. Als sie außer Sicht war, fuhr der Skooter wieder zum Lager der Jäger. Man wollte wissen, was nun weiter passierte und wie sie die Grube wieder herrichten.

14.

Die Landefähre mit dem verletzten Peter Goodman dockte an das Raumschiff an. Dort hatte man in der Zwischenzeit einen sterilen Quarantäneraum für die Behandlung des Verletzten vorbereitet. Die Untersuchung dauerte zwei Stunden.

Der Chirurg Dr. Snegow berichtete anschließend dem Kapitän im Skooter: „Käpt`n, es sieht schlecht aus. Der Oberschenkel hat sich entzündet. Wir denken aber, dass wir das Bein retten können, da der Knochen nicht beschädigt ist. Größere Sorge bereit uns, dass Peter Goodman mit einem Virus infiziert wurde. Wir haben im Moment noch kein Mittel gefunden, welches anspricht. Peter muss auf jeden Fall unter strengster Quarantäne bleiben. Das Virus breitet sich rasend schnell aus. Er hat in der kurzen Zeit die Lunge und die oberen Atemwege befallen. Wenn dies so weiter geht, wird Peter Goodman die nächsten vierundzwanzig Stunden nicht überleben.“
„Können sie denn gar nichts für ihn tun?“ wollte der Kapitän wissen.
„Silvana Thornton arbeitet fieberhaft an einem Gegenmittel. Aber bisher ohne Erfolg.“
„Verdammt! So ein Mist! Unsere Expedition fängt ja gut an. Doktor, tun sie was sie können. Wir wollen Peter nicht verlieren. Und halten sie mich auf dem Laufenden.“
„In Ordnung, Kapitän.“

Nach elf Stunden kam aus dem Raumschiff die erschütternde Meldung, dass Peter Goodman verstorben sei.

Die drei Leute im Skooter bereiteten derweil die nächste Nachtruhe vor. Keiner wollte allerdings etwas zum Abendbrot essen. Alle dachten nur an den verstorbenen Kameraden. Dass die Wissenschaft immer wieder Opfer fordert, wussten alle. Aber musste es ausgerechnet auf ihrer Expedition sein? Verzweiflung und Resignation machte sich breit. Der Kapitän sprach zu den Anderen: „Leute, wir dürfen nicht verzagen. Die Mission wird fortgesetzt. Peters Tod darf nicht umsonst gewesen sein. Morgen früh starten wir zunächst zurück zum Raumschiff. Und jetzt versucht ein bisschen zu schlafen."

Am nächsten Morgen flog die Landefähre wieder auf den Planeten, um den Käpt'n und die anderen zu holen. An der Trauerfeier für den toten Kameraden wollten alle teilnehmen.

Nach einer Gedenkzeremonie, an der die gesamte Besatzung teilnahm, übergab man die sterblichen Überreste von Peter Goodman dem Weltraum. Ein leerer Materialbehälter diente dabei als Sarkophag.

Die Stimmung an Bord war denkbar schlecht. Mit
so einem Verlauf hatte keiner gerechnet.
Samantha suchte Nancy Ryan. Sie fand sie
schließlich im Park. Sie saß allein auf einer Bank
und heulte. Samantha setzte sich zu ihr und legte
ihren Arm auf ihre Schulter. Ein Weinkrampf
schüttelte Nancy.

15.

Zwei Tage nach Goodmans Tod startete die
Landefähre erneut in Richtung Gaia. Man suchte
wieder die gleiche Landestelle wie beim letzten
Mal auf. An Bord waren diesmal der erste
Offizier John O`Brian als Leiter und Pilot, Dr.
Snegow als Arzt, die Biologin Silvana Thornton
und der Botaniker Diego Pumar.
Sie fuhren nach der Landung wieder mit dem
Skooter zu dem Lager der Jäger. Vom Raumschiff
beobachtete man genau die Umgebung. Das
Lager schien verlassen zu sein. Deshalb fuhr man
mit dem Fahrzeug bis auf fünfzig Meter heran.
Vom Raumschiff kam der Hinweis, dass kein
größeres Lebewesen in der Nähe war. Sie
konnten also aussteigen.

„Es sieht im Moment sehr friedlich aus. Aber seit ständig auf der Hut. Es kann sich sehr schnell ändern!", sprach O`Brian.
„Dort vorn ist die Feuerstelle.", sagte Dr. Snegow und zeigte in Richtung Wald.
Sie gingen langsam zu der Stelle. Deutlich waren verkohlte Holzstücke zu sehen. Diego Pumar stachelte vorsichtig mit einem Messer in der Asche.
„Hier! Schaut einmal her! Dies sind, wenn ich mich nicht irre, Knochen. Schaut euch mal weiter um. Wir finden bestimmt noch mehr davon."
Sie fanden tatsächlich im Gras ringsherum noch etliche große und kleine Knochen. Einige waren auch zerbrochen.
„Untersucht auch einige Steine. Sie müssen auch Werkzeuge benutzen.", sagte Silvana Thornton.
Nach einiger Zeit meldete sich Dr. Snegow: „Ich hab etwas gefunden. Es sieht wie ein behauener Stein aus. Und hier ist ein Stock, welcher angespitzt wurde."
Sie eilten alle zu ihm. Silvana sprach: „Sieht aus wie ein Faustkeil, wie er auch auf der Erde vor Millionen Jahren gebraucht wurde. Wahnsinn. Wie in prähistorischen Zeiten auf der Erde. Wir

müssen alles einsammeln und mit auf das Schiff
nehmen."
„Ich werde noch einige Pflanzenproben
sammeln.", sprach der Botaniker Pumar.
Während Thornton, Pumar und Snegow eilig
alles einsammelten, sprach O`Brian mit dem
Kapitän an Bord der „Isaac Newton".
„Käpt'n, wir sollten an der alten Landestelle eine
feste Station errichten. Wir könnten sie als Basis
für weitere Exkursionen nutzen."
Der Käpt'n nickte und sagte: „Einverstanden. Wir
werden sieben Container hinunter bringen.
Außerdem werden wir im Orbit genau über der
Station einen geostationären Satelliten
platzieren. Ich denke wir könnten noch eine
zweite Station errichten, und zwar an der Küste.
Die Untersuchung der Meere würde vielleicht
Interessantes bringen. Was meinen Sie?"
„Gute Idee. Was ist mit den Monden?" fragte
O'Brian.
„Eins nach dem anderen. Auf den Monden
werden wir nicht so interessantes finden, denke
ich. Diese Jäger werden kaum dort gewesen
sein.", sprach der Kapitän und lachte.
„Nein, wahrscheinlich nicht. Ich würde noch
vorschlagen, einen weiteren Satelliten in eine

Umlaufbahn zu schicken, welcher den gesamten Planeten vermisst, sowohl seine Oberfläche, als auch die genauen tektonischen Bewegungen." schlug O'Brian vor.

„Gut. Ich werde Alexander Freitag damit beauftragen. Ihr geht jetzt mit dem gesammelten Material zurück zum Skooter und fahrt zur Landefähre. Für heute reicht es erst einmal. Morgen kommt der erste Transporter mit dem ersten Container. Bereitet alles schon vor. Alles klar?"

„Okay. Dann bis Morgen."

In der Nacht konnte keiner so richtig einschlafen. Diego Pumar und John O`Brian saßen noch eine Weile in der Kommandokanzel und unterhielten sich.

„Es ist schon eigenartig. Wir sind zwanzig Lichtjahre geflogen und finden hier einen Planeten, welcher fast wie die Erde aussieht. Wenn man bedenkt, dass wir über vierzig Jahre unterwegs sind bis wir wieder zu Hause sind, so sind wir alle ganz schön verrückt. Wir liegen die meiste Zeit davon zwar im Kälteschlaf, aber trotzdem.", sprach Pumar.

„Die alten Seefahrer des fünfzehnten und
sechzehnten Jahrhunderts waren auch oft Jahre
von zu Hause weg.“, sagte O`Brian.
„Ja sicher. Aber sie waren immer noch auf der
Erde. Konnten an Land gehen. Wir aber sind in
der endlosen Tiefe des Weltalls. Wir können
nicht so einfach umkehren. Bei unserer
Geschwindigkeit brauchen wir Monate bis wir
zum Stehen gekommen sind. Der kleinste Haken
unterwegs und wir verfehlen unser Ziel um
Milliarden Kilometer. Warum hat die
Raumfahrtbehörde nicht gewartet bis wir
imstande sind, solche Entfernungen zu
bewältigen in weit kürzerer Zeit?“ Pumar schaute
O'Brian fragend an.
„Bis es soweit kommt, können noch
Jahrhunderte vergehen. Und ob wir jemals in der
Lage sind, Raum und Zeit zu beherrschen und zu
verändern, wie wir wollen, steht noch in den
Sternen.“ meinte O'Brian.
„Nur, es werden viele, die an diesem Projekt auf
der Erde mitgearbeitet haben, nicht mehr leben,
wenn wir heimkommen.“ sprach Pumar.
„Das stimmt. Aber Gliese 581 ist das einzige
Sonnensystem im Radius von zwanzig
Lichtjahren, in dem es einen erdähnlichen

Planeten gibt. Obwohl ich auch zweifle, dass man es nur der Rohstoffe wegen geplant hat hierher zu kommen. Selbst wenn wir noch irgendetwas finden sollten, was ich bezweifle, lohnt sich die Ausbeute kaum. Der Abbau und der Transport zur Erde wäre ökonomischer Unsinn."
„Tja, die Bosse auf der Erde werden sich schon was dabei gedacht haben. Was auch immer."
Pumar gähnte nun laut und lang. Er reckte sich und streckte die Arme nach oben.
„Ich hau mich aufs Ohr. Gute Nacht Chef."
„Gute Nacht Diego."

16.

Am nächsten Morgen wurden sie sehr früh geweckt. Die Sonne war noch nicht aufgegangen, da plärrte die Sirene in der Landefähre den allgemeinen Weckruf.
Silvana nahm ihr Kopfkissen und stülpte es sich über die Ohren. ‚Irgendwann mach ich diese grässliche Sirene kaputt. Wer hat sich diesen fiesen Ton einfallen lassen? ‘, dachte sie.
Sie stieg dann doch noch aus der Koje und schaute in den Spiegel. Ihre Haare standen in alle

Richtungen. Sie machte sich schnell frisch und zog sich ihre Klamotten an.

Als sie in die Kombüse kam, saßen die drei Männer schon am Tisch.

„Na Silvana? Du hast wohl schwere Kämpfe gehabt diese Nacht. Deine Haare sehen aus, als hättest du Todesängste ausgestanden.", frotzelte Pumar.

„Ach Diego, nimm lieber die Maske aus dem Gesicht. Karneval ist vorbei." entgegnete Silvana Thornton.

„Ihr seid heute wieder nett zu einander.", sprach Dr. Snegow.

„Was sich neckt, das liebt sich", stellt O`Brian fest.

„Lieber nicht. Dann doch lieber Todesängste.", sprach Silvana.

„Du weist nicht, was du an mir verpasst.", antwortete Pumar.

Ein leises Klingeln unterbrach sie. Der Kapitän meldete sich aus dem Raumschiff: „Guten Morgen, der erste Transporter ist soeben gestartet. Er wird also in etwa zwei Stunden bei Euch sein. Er bringt zunächst den Schlafcontainer, danach kommen die

Laborcontainer, der Container mit der Küche und der Kommandocontainer."

Diego Pumar kam eine Stunde später zu O'Brian.: „Chef, ich habe eine gigantische Entdeckung gemacht. Ich habe die Videoaufnahmen von gestern mir noch einmal genau angesehen. Eine Sequenz nach der anderen. Sehen Sie selbst!" Langsam lief der Film ab. Plötzlich rief Pumar: „Da, haben Sie es gesehen?"

„Nein, " sprach O'Brian, „was denn?

„Am rechten Bildrand sehen sie eine kleine Fleisch fressende Pflanze. Sie ähnelt ein bisschen unseren Kannenpflanzen. Schauen sie jetzt genau hin." Pumar ließ den Film noch einmal ablaufen. Nur diesmal in extremer Zeitlupe. Plötzlich schnellte die Blüte der fleischfressenden Pflanze nach vorn und schnappte sich ein kleines Insekt.

„Haben sie das gesehen? Eine Pflanze schnappt nach einem Insekt. Sie hat nicht gewartet bis das Insekt sich auf die Blüte setzt, sondern sie schnappt zu. Das ist unglaublich. Das, das ist fantastisch." Diego Pumar war außer sich.

„Gut Diego, untersuchen sie das weiter. Dieser Planet steckt voller Überraschungen."

Unterdessen verlief die Landung der Shuttles reibungslos. Insgesamt sieben große Container wurden vom Raumschiff zum Landeplatz auf Gaia geschickt. Alles wurde ständig vom Orbit aus überwacht. Man wollte keinerlei unangenehme Überraschungen erleben. Aber selbst bei sorgfältigster Überwachung kam es am zweiten Tag vor, dass ein großer Schuppenlöwe sehr nah ans Lager kam. Mit den Containern kamen auch noch mehr Leute vom Raumschiff hinunter. Insgesamt waren nun zehn Crewmitglieder auf Gaia. Die weiteren Mitglieder waren außer den vieren, die schon da waren, der Arzt Dr. Hans Hoffmann, die Techniker Sibel Kemal, Carlos Moreno und Pete O`Brian, ein Bruder vom Chef des Landetrupps, die Linguistin Sahra Müller und die Servicetechnikerin Indira Sarojini.
Sibel Kemal hatte, neben ihrer Aufgabe die Technik zu betreuen, auch noch Küchendienst. Pete O`Brian war für die Sicherheit verantwortlich.
Nachdem die Station im Grasland fertig war, begann man die Station an der Küste herzurichten. Sie war kleiner als die andere Station. Sie hatte in erster Linie die Aufgabe, das angrenzende Meer zu untersuchen. Dazu hatte

man ein kleines Unterseeboot für zwei Personen
als Besatzung mitgenommen. Dieses Boot konnte
bis in fünftausend Meter Tiefe arbeiten. Die
Besatzung der gesamten Station bestand aus vier
Mitgliedern. Leiterin war Petra Dunkelmann als
Biologin, Dr. Pierre Rossi als Arzt und die
Techniker Matti Sillanpää und Ralph Mac Allister.
Der Aufbau dieser Station dauerte nur einen Tag.

17.
„Küstenstation ruft Raumschiff ´Isaac Newton`“,
Petra Dunkelmann saß am Monitor und wartete
auf Antwort.
„Hier Raumschiff `Isaac Newton`“, am Bildschirm
erschien Jaqueline Millet.
„Hallo Jaqueline, ist der Käpt'n zu sprechen?“
„Nein. Er ist gerade auf der Krankenstation bei
Dr. Khama.“
„Ist er krank?“
„Nein. Soll ich ihn rufen?“
„Ja, das wäre nett.“
Es verging keine Minute und der Kapitän meldete
sich.
„Hallo Frau Dunkelmann. Was gibt es?“

„Wir sind jetzt fertig mit der Station. Ich würde gern eine erste kurze Ausfahrt mit dem Submarine machen.“

„Okay. Sie entscheiden künftig allein, was notwendig ist und was nicht. Geben sie mir nur anschließend immer einen kurzen Bericht.“

„Alles klar.“

Petra Dunkelmann ging hinaus ins Freie. Dort traf sie die Anderen.

„So. Wir machen jetzt eine erste kurze Fahrt mit dem `Submarine`. Matti bereiten sie alles vor! Sie werden mich begleiten.“

„Okay.“

Das kleine U-Boot wurde mit Hilfe eines Amphibienfahrzeuges in das Wasser gelassen und nach der Rückkehr auch wieder aufgenommen. Ralph McAllister war der Fahrer des Fahrzeuges. Er brachte das U-Boot `Submarine` fünf Kilometer auf das offene Meer. Die See war sehr ruhig. Es gab nur eine sehr leicht Brise und der Wellengang war demzufolge auch sehr gering. Es war also sehr optimales Wetter für einen Tauchgang.

„Ich löse jetzt die Bolzen der Halterung. Viel Glück.“, Mac Allister drückte auf den kleinen

roten Sensor am Pult. Es gab einen kaum
spürbaren Ruck und das `Submarine` war frei.
Nach einhundert Metern Fahrt tauchte man
unter. Die Sicht war hier wesentlich schlechter
als auf der Erde. Das Sonnenlicht war hier viel zu
schwach, um in größeren Tiefen noch spürbar zu
sein. Schon nach zehn Metern war es dunkel wie
in der Nacht. Vier starke Scheinwerfer leuchteten
die Unterwasserwelt aus. Im Boot war man
gespannt, wie die Welt unter Wasser hier
aussah. Wie konnte sich das Leben hier in dieser
Dunkelheit entwickeln?
„Wie tief ist es hier?", fragte Petra Dunkelmann.
Matti Silanpää schaute auf die Instrumente:
„Hier ist es eintausend Meter tief. Der
Meeresboden ist sehr stark abfallend. Laut den
Messergebnissen geht es hier in diesem Ozean
bis über fünftausend Meter Tiefe. Es gibt hier
viele tiefe Gräben und Spalten. Auch gibt es
Vulkane auf dem Meeresgrund. Ein Grabenbruch
geht quer von Nord nach Süd durch den
gesamten Ozean. Ähnlich dem Atlantik."
„Wir gehen heute bis fünfhundert Meter Tiefe."
sagte Petra Dunkelmann.
Schon nach kurzer Zeit war es stockdunkel,
sodass die Scheinwerfer eingeschaltet werden

mussten. Ab und zu huschte etwas am Boot
vorbei. Mit Hilfe von Ultraschall und Infrarot
konnte man allerdings sehr viel entdecken. Es
gab hier Fische, Krebse und Quallen. Die Tierwelt
ähnelte der der Erde. Quallen, die leuchteten,
Fische, welche mit Hilfe der Bioluminiszens Beute
anlockten. Es war sehr aufregend.
Nach einer Stunde tauchten sie mit dem U-Boot
wieder auf und fuhren zurück zur Station.
McAllister wartete schon am Strand mit dem
Amphibienfahrzeug, um sie in Empfang zu
nehmen.
„Hallo Ralph, wir sind wieder da." rief Petra
Dunkelmann.
„Ich habe euch schon entdeckt."
Das Boot dockte am Fahrzeug an und sie fuhren
direkt zur Station.

18.
„Es ist sicher unmöglich, alles zu erforschen. Die
Zeit reicht dafür einfach nicht aus. Wir werden
trotzdem von hier aus noch ein paar
Erkundungsflüge zu den anderen Kontinenten
machen. Auch die Polkappen dürfen wir nicht

vergessen.", sprach der Kapitän während einer Lagebesprechung mit den Stationsleitern John O`Brian und Petra Dunkelmann.

„Ich möchte mit dem U-Boot in den Tiefseegraben herabsteigen. Es gibt dort erhebliche vulkanische Aktivitäten. Ich bin gespannt, ob es dort wie auf der Erde Leben gibt."

„Das ist Okay. John", wandte sich der Kapitän an den Chef der Bodenstation, „sie bereiten die Shuttles vor für die polaren Gebiete. Den großen Südkontinent werden wir nur unbemannt untersuchen. Die Zeit reicht einfach nicht aus. Eine sehr wichtige Exkursion wird uns noch auf die Monde führen. Nächste Woche werden wir die Besatzungen austauschen, damit jeder mal festen Boden unter den Füßen hat. Einverstanden? Die Auswertung aller Daten wird Jahre in Anspruch nehmen. Ich denke dass wir in drei Wochen die Heimreise vorbereiten werden und spätestens in sechs Wochen nach Hause fliegen. Das ist das günstigste Startfenster. Sollten wir dies verpassen, müssten wir mehrere Monate warten, bis die Planetenkonstellation wieder günstig ist für den Heimflug."

„Steht schon fest, wer mit auf die Monde
fliegt?", fragt John O`Brian.
„Nein.", sagte der Kapitän, „wir werden am Ende
unseres Planetenaufenthaltes festlegen, wer
mitfliegt."
„Okay."
„Gut. Wenn soweit alles klar ist, an die Arbeit!"
John O`Brian schaltete die Verbindung zum
Raumschiff und zur Küstenstation ab und
schaltete seinen Monitor aus. Anschließend rief
er Diego Pumar und Sibel Kemal zu sich.
„So, folgendes. Ihr bereitet die Shuttles vor für
die Polaruntersuchung. Wir werden morgen
einen Flug zum Nordpol machen. Er liegt
bekanntlich auf einer kleinen Insel. Ich werde
noch die letzten Wetterdaten vom Raumschiff
abrufen. Die gemessenen Meeresströmungen
lassen auf ein eisfreies Meer um die Insel
schließen. Es herrscht zurzeit Polartag. Die Sicht
dürfte also gut sein. Wir drei werden fliegen.
Alles klar?"
„Alles klar, Chef.", sprach Pumar.
„Nehmen wir Waffen mit?", fragte Sibel Kemal.
„Ja. Jeder eine leichte Handfeuerwaffe.", sprach
O'Brian.

19.

Tiefer und tiefer ging es mit dem Submarine hinab in den Tiefseegraben. Durch die Außenfenster konnte die Besatzung nichts mehr sehen. Die Unterwasserkameras leisteten indes gute Dienste. Aber die extremen Restlichtverstärker konnten selbst bei eintausend Meter noch eine gute Sicht zeigen. Auf den Monitoren konnte man immer noch ein paar Umrisse von vorbeihuschenden Tieren sehen. Bei eintausendfünfhundert Meter war allerdings keine Sicht mehr. Man musste sich nun auf verschiedene andere Sensoren verlassen.

„Petra, die Sensoren zeigen unter uns eine starke seismische Aktivität.", sprach Matti Sillanpää.

„Wir gehen genau an der Grabenwand hinunter", sprach Petra Dunkelmann.

„Ich halte dies für sehr gefährlich."

„Wie tief ist dieser Canyon?"

„Etwa achthundert Meter geht die steile Wand fast kerzengerade bis zum Boden."

„Wie breit ist der Graben?"

„An der engsten Stelle nur einhundert Meter"

„Kannst Du schon die Beschaffenheit des Bodens auf den Monitoren ausmachen?"

„Er ist eben."

„Gut. Also bis zum Boden. Wir werden dort eine Sonde verankern.“
Matti Sillanpää wurde ziemlich unruhig. Nervös schaute er auf die Messinstrumente. Während Petra Dunkelmann die Sonde zum Verankern in Stellung brachte schrie Sillanpää plötzlich auf.
„Was ist los?“, fragte Frau Dunkelmann.
„Unter uns ist ein starkes Beben. Wir müssen sofort hoch!“, schrie der Pilot.
„Schnell auftauchen, so schnell es geht!“
Der Submarine setz sich in Bewegung. Aber unter Wasser war man natürlich nicht sehr schnell. Von oben kamen ihnen große Felsbrocken entgegen. Sie hatten sehr viel Mühe, diesen auszuweichen. Die Bordsirene, welche Sonarkontakte anzeigte, schallte durch den Raum. Immer mehr große und kleine Brocken machten ein Ausweichen kaum mehr möglich. An den Außenwänden kratzte und knallte es immer bedrohlicher. Als man fast das Ende des Canyons erreicht hatte kam dem Submarine ein so großer Brocken entgegen, dass ein Ausweichen nicht mehr möglich war. Das Schiff wurde getroffen. Die Vorderluken barsten unter dem enormen Aufprall. Die Schreie der beiden Insassen waren nur kurz. Der gewaltige

Druck ließ dem Submarinen sinken. Die
Expedition hatte zwei weitere Opfer gekostet.

20.
In der Bodenstation und im Raumschiff konnte
man genau verfolgen, was im Meer geschah. Sie
waren alle entsetzt. Der Kapitän ließ die Arbeiten
an der Küste einstellen und holte McAllister ab
und zum Raumschiff fliegen. Dort wartete der
Bordpsychologe Dr. Mustafa bereits auf ihn.
Der Kapitän hat inzwischen alle Führungsoffiziere
zu einer Lagebesprechung in den Konferenzraum
befohlen. Der Chef der Bodenstation wurde
zugeschaltet.
„Also", begann der Kapitän, „Es fällt mir schwer,
die passenden Worte zu finden. Wir haben nun
zwei weitere Verluste erlitten. Unsere Expedition
wird zu teuer. Wir müssen beraten, wie wir
weiter fortfahren. Ich möchte dazu Ihre
Meinungen hören."
Der Chefarzt Dr. Khama räuspert sich und sprach
das aus, was alle anderen dachten: „Ich gebe
Ihnen recht Kapitän. Drei Menschenleben sind zu

viel. Unser Heimweg ist sehr lang und unsere Ankunft in der Heimat ungewiss. Wir haben so viel Material gesammelt, dass alle auf der Heimreise sehr viel zu tun haben werden, alles aufzuarbeiten. Langeweile wird nicht aufkommen."

„Ich bin fast derselben Meinung", sprach der Chefingenieur Alexander Freitag, „aber ich denke, dass wir noch einen Besuch auf den Monden machen sollten. Sicher, unsere Daten sind sehr umfangreich und es ist noch nicht einmal sicher, ob wir alles aufarbeiten können. Aber nach Hause fliegen, ohne auch nur eine Stippvisite auf den Monden gemacht zu haben, halte ich für nicht gut."

„Was sagen die anderen zu dem Vorschlag?", fragte Kapitän Johansson und schaute in die Gesichter der anderen Offiziere.

John O`Brian: „Ich schließe mich dem Chefingenieur an." Dr. Khama und Frau Al-Dhabi nickten dazu.

„Gut. Dann ist es beschlossen." sagte der Kapitän. „Wir fliegen noch die Monde an. Herr O`Brian bereiten Sie alles zum Abbrechen der Bodenstation vor. Herr Freitag, machen Sie zwei Sonden fertig für die Monderkundung. Suchen

Sie nach geeigneten Landeplätzen. Außerdem sollen ihre Leute alles für die Heimreise vorbereiten."
„Alles klar Kapitän"
Auf der Station wurde nun emsig an der Heimreise gearbeitet. Es dauerte eine Woche bis die Bodenstation vollständig abgerissen und die gesamte Crew wieder an Bord war. Die Stimmung war ziemlich gedrückt. Alle kannten den Grund für die verfrühte Abreise. Sie konnten aber auch verstehen, dass die Expeditionsleitung keine weiteren Opfer beklagen wollte. Und die Datenmenge, welche gesammelt wurde, war wirklich enorm. Tausende von biologischen und chemischen Proben. Zehntausende Terabyte visuelle und akustische Informationen. An Bord des Raumschiffes wurde das gesamte Sonnensystem vermessen und kartographiert. Es fehlte wirklich nur noch ein Besuch auf den Gaiatrabanten Hermes und Artemis.

21.

John York saß mit Samantha Brown in der Cafeteria. Er trank einen Cappuccino und sie eine heiße Schokolade.

„Noch etwa drei Wochen. Dann werden wir nach Hause fliegen. Auf der Erde werden sie fragen, ob sich unser Flug gelohnt hat. Wir haben sehr, sehr viele Daten gesammelt. Unmengen Proben haben wir in unseren Lageräumen. Drei von uns mussten dies mit ihrem Leben bezahlen. War es das wert?", fragte Samantha.

„Jeder von uns wusste, dass es Verluste geben kann. Die Raumfahrt hat schon sehr viele Opfer gekostet. Ganz am Anfang der Entwicklung gab es schon Verluste. Amerikaner sind in ihrer Rakete verbrannt, Russen sind in ihrer Kapsel beim Landen erstickt, Space Shuttle sind explodiert, bei der dritten Marsexpedition ging das Raumschiff verloren und erst nach fünfzig Jahren fand man es im Asteroidengürten zerschellt auf einem großen Brocken. Man hat nie herausgefunden, was wirklich passierte. Natürlich ist es traurig. Ich vermisse die drei auch. Aber wir dürfen den Kopf nicht hängen lassen. Sonst kommt nur eine Besatzung von Geisteskranken zurück auf die Erde.

Depressionen sind das letzte, was wir gebrauchen können.", sprach John.

 „Du hast ja Recht. Aber es ist nicht leicht, sich nicht ständig daran zu erinnern."

Beide starrten auf ihre Getränke, als sich Dr. Pawel Snegow zu ihnen gesellt.

„Guten Tag, darf ich mich zu ihnen setzen?"

„Hallo Doktor. Wie geht es ihnen?", sprach Samantha.

„Prächtig. Ich bin zurzeit arbeitslos. Ich habe seit drei Tagen keinen Notfall mehr gehabt. Vielleicht kann sich einer von ihnen mal kurz operieren lassen? Nein? Auch gut."

„Sie schneiden gern Leute auf! Sie sind Chirurg, Orthopäde und…"

„…und Medizintechnologe. Es ist ein ziemlich neuer Zweig der Medizin. Das heißt, wir benutzen hauptsächlich kybernetische Systeme für Operationen. Das Skalpell nehme ich kaum noch zur Hand. Und wenn es notwendig ist, macht dies mein Roboter. Natürlich kann ich noch mit dem Skalpell umgehen, sowohl mit dem Laserskalpell als auch mit der scharfen Klinge, welche Chirurgen schon seit Jahrhunderten kennen."

„Hören sie auf Doktor. Nicht auszudenken, dass

sie einen Menschen mit einem besseren Messer aufschneiden könnten.", Samantha schüttelte sich.

„Ich gebe zu, dass wäre nicht sehr erfreulich. Aber ich würde es tun. Zum Glück war ich erst einmal gezwungen dazu. Bei einem Flug zum Eismond Europa gab es einen Unfall im Maschinenraum. Ein Mechaniker hatte innere Verletzungen. Ein Metallkeil durchbohrte seine Lunge. Und weil ein Unglück selten allein kommt, gab es auch noch einen totalen Energieausfall. Ich musste mit der Hand und in Schwerelosigkeit operieren. Sie können sich vielleicht vorstellen, was das bedeutet."

„Konnten sie den Mechaniker retten?", fragte John.

„Ja. Einen halbe Stunde nach der Operation wurde das Schwerefeld wieder hergestellt. Eine weitere Stunde später waren alle anderen Systeme wieder in Ordnung. Aber der Patient hätte solange auf keinen Fall durchgehalten. Auf der Erde kam er dann in eine Klinik. Dort klonten sie für ihn im Organregenerierer eine neue Lunge und transplantierten sie ihm. Als wir hierher aufbrachen, war er Maschinist auf einer

Raumfähre, welche zwischen den Saturnmonden
pendelt."
„Glück gehabt. Leider hatten unsere drei
Verstorbenen nicht so viel Glück." Samantha
schaute nun wieder traurig auf ihre Tasse.
John stand auf und sprach: „Ich muss zum
Dienst. Bis später."
„Ich muss auch an meine Arbeit", sagte
Samantha und ging mit. Sie ließen einen
nachdenklichen Dr. Snegow zurück.

22.

„Käpt`n, ich wollte es auch nicht glauben. Wir
haben die Messergebnisse mehrmals geprüft. Es
ist eindeutig. Fragen Sie Nguyen. Er wird es ihnen
bestätigen.", John York redete sich richtig in
Rage.
„Schon gut John. Aber nachdem wir auf dem
Planeten nur spärliche Hinweise auf Erze
gefunden haben, scheint mir dies hier wie ein
Wunder. Und Sie sind sich sicher, dass es sich um
hochkonzentrierte Erze handelt?" Käpt'n
Johansson schaute John York fragend an.
„Wir sind uns sicher. Auf beiden Monden gibt es

Erze in hochkonzentrierter Form. Schon beim ersten Umlauf der Sonde waren die Daten ganz klar. Wir fanden Spuren von Eisen, Kupfer, Gold, Titan und zwei Mineralien, bei welchen wir uns nicht ganz sicher sind. Wenn uns nicht alles täuscht, handelt es sich bei dem eine unbekannte Legierung und bei dem anderen um reinen Stahl."
„Unmöglich. Irren sie sich wirklich nicht?"
„Nein."
„Ja, wissen sie denn, was dies bedeutet?"
„Ich kann es mir vorstellen."
„Mann, das bedeutet, dass eine fremde Intelligenz dieses Sonnensystem schon lange vor uns besucht hat. Die steinzeitlichen Jäger werden kaum dem Mond einen Besuch abgestattet haben."
„Ich muss dazu sagen, dass der Stahl nicht direkt an der Mondoberfläche gefunden wurde. Er befindet sich etwa in drei Meter Tiefe. Eigenartig ist auch, dass die anderen Metalle sich in unmittelbarer Nähe befinden. Wir haben auf Grund der Daten ein Computermodell angefertigt. Wenn sie bitte mal auf ihren Monitor schauen würden." Auf dem Bildschirm sahen sie, wie langsam Formen entstanden.

„Sehen sie Käpt'n. Wenn wir alles nehmen, sehen
die Formen wie Röhren aus, welche miteinander verbunden sind. Was sich im inneren der Röhren befindet, wissen wir nicht. Ich denke, es handelt sich um einen Gebäudekomplex. Die Röhren haben einen Durchmesser von vier Metern. Die gesamte Anlage hat eine Größe von einem Hektar. Die Titanfunde könnten irgendwelche Schutzräume sein, die Gold- und Kupferfunde könnten Kabelverbindungen sein."
„Es wird immer toller! Wie sieht es auf dem kleinen Mond aus?"
„Auch dort fanden wir ähnliches. Allerdings nicht so groß."
„Kaum zu glauben. Wir sind hierhergekommen, um mögliche Rohstoffquellen für uns zu finden. Und was finden wir? Eine Zivilisation, wenn auch eine noch sehr primitive. Das macht eine Ausbeutung von Rohstoffquellen schwieriger. Und damit nicht genug. Nun finden wir auf den Monden Anhaltspunkte, dass wir nicht die einzigen sind, welche diesem Planeten einen Besuch abgestattet haben. Das macht unsere Sache noch schwerer. Was wenn sie jedem

Moment hier wieder auftauchen? Gut John, wir rüsten eine bemannte Expedition zum Mond Hermes aus und schauen uns die Sache vor Ort an. Zur Mannschaft gehören wir beide, sowie Jack Forbisher, Salvatore Cellini, Nguyen Che Doc und Dr. Snegow. Bereiten Sie alles vor. Wir werden bestimmt ein paar Tage dort bleiben. Nehmen sie genug Lebensmittel mit. Wir treffen uns in vier Stunden im Hangar."
„Eye, eye Käpt´n."

23.
John York verstaute gerade die letzten Lebensmittel als Samantha Brown mit einem kleinen Rucksack auf dem Rücken in den Hangar eintrat.
„Was machst du denn hier?", fragte John sie.
„Der Käpt´n war der Meinung, dass ich für ein bisschen Ordnung sorgen soll."
„Na fein. Dann werde ich dir noch eine Kittelschürze holen. Staubtücher und Geschirrspülmittel habe ich auch für dich eingepackt."
„Ha, ha."

Während Samantha und John die Landefähre startklar machten, traten die anderen Besatzungsmitglieder in die Halle.
„Mister York, ist alles startbereit?", fragte der Kapitän.
„Alles klar Käpt`n!"
„Dann bitte ich die Herrschaften Platz zu nehmen. Wie lange brauchen wir, John?"
„Etwa eine Stunde."
„Na, dann los!"
Die Triebwerke der Fähre dröhnten. Langsam erhob sie sich. Sie machte eine halbe Drehung um ihre eigene Achse und flog dann direkt zum Mond Hermes.
Der Flug verlief sehr ruhig. Unterwegs führten sie noch ein paar Messungen zum Magnetfeld und der Rotationsgeschwindigkeit. Die Schwerkraft auf Hermes war etwa nur ein Viertel so groß wie auf der Erde.
Langsam kam man zu der Stelle, wo laut Messergebnisse das große Röhrensystem liegen musste. Optisch sah die Oberfläche so aus wie fast überall auf dem Mond. Nichts deutete darauf hin, dass in drei Meter Tiefe sich etwas ganz Gewaltiges befand.

„John, gehen sie hier hinunter.", sprach der Kapitän und zeigte auf eine kleine Felswand.
„Okay."
Langsam setzte die Fähre auf. Dabei wirbelte diese eine große Wolke feinen Staub auf. Als die Raumfahrer aus den Fenstern schauten, konnten sie nicht sehr weit sehen. Es war wir in einem Sandsturm in der Sahara.
„Wir warten noch mit dem Aussteigen, bis der Sand sich gelegt hat. Bei der niedrigen Gravitation dauert das ein paar Minuten. In zwei Stunden wird Gaia aufgehen. Wir werden auf Grund der hohen Strahlenbelastung nur nachts arbeiten.", sprach Kapitän Knut Johansson, „Wir werden folgender Maßen vorgehen. Jack, John und ich bauen die Bohranlage auf. Salvatore und Pawel, sie bereiten im Labor alles auf die Analyse der Proben vor. Ich möchte alles über das Material der Röhren wissen und wie lange es dort schon liegt. Aber vorher wird noch ein Happen gegessen."
Die anderen nickten. Samantha holte inzwischen das Essen für die Crew. Sie stellte die Teller in das Nanowellengerät. Das Essen war nach einer Sekunde heiß. Heut gab es für alle Truthahnfilet mit Tortillas.

„Wer hat Tortillas bestellt?", fragte der Kapitän.
„Ich hätte aufpassen müssen, sonst hätte ich
gewusst, dass Ruben Dienst in der Küche hatte.
Er weiß, dass ich keine Tortillas mag."
„Ärgern sie sich nicht. Ich habe nachgesehen, es
gibt noch mehrmals Tortillas. Ich für meinen Teil
esse sie sehr gern.", sprach Samantha.
„Ich werde mir für Ruben etwas Besonderes
einfallen lassen. Drei Tage Tortillas. Mir wird bei
dem Gedanken schon schlecht."
Die anderen grinsten nur. Sie kannten die kleinen
Spielchen zwischen dem Kapitän und dem Koch
Ruben Gomez.
Nach dem Essen gingen alle ihrer Arbeit nach. Es
dauerte rund eine Stunde, bis die Bohranlage
aufgebaut war. Die Raumfahrer hofften, dass sie
ein paar brauchbare Proben von den Metallen
und dem darüber liegenden Gestein erhalten. So
konnten sie vielleicht herausfinden, wie lange die
Röhren dort schon liegen.
„John, Jack, sie bohren jetzt. Ich gehe inzwischen
ins Labor. Was denken sie, wie lange werden sie
brauchen?", fragte der Käpt`n.
„Kommt auf die Härte des Gesteins an. Vielleicht
nur eine halbe Stunde.", sprach John York.

„Die ersten Gesteinsproben können sie schon in
ein paar Minuten erhalten.", sagte Jack
Forbisher.

24.

Im Labor war bereit, die ersten Proben zu
untersuchen. Nach zehn Minuten war die erste
Schicht durchbohrt und die ersten Proben lagen
vor. Nach fünfundzwanzig Minuten war man
schließlich auf dem Metallpanzer der Röhren
gestoßen. Mit den Bohrern konnten nun einige
Metallsplitter geborgen werden. Die
Untersuchung konnte beginnen. Es dauerte nicht
lange und das Ergebnis stand fest.
Große Spannung lag in der Luft. Der Kapitän
hatte alle in die Messe gerufen. Auf dem großen
Monitor konnten alle anhand der Aufnahmen die
Ergebnisse sehen.
„Soo", sprach der Kapitän gedehnt. „Nguyen.
Nun schießen sie schon los. Was für Ergebnisse
haben Sie?"
„Tja, das Gestein setzt sich weitestgehend aus
normalem Mondgestein zusammen, also Basalt
mit Spuren von Eisen, Magnesium, Natrium,

Aluminium und Silizium sowie einige andere
Elemente. Ich habe alles hier aufgelistet. Das
Röhrensystem liegt seit etwa zwei Millionen
Jahren dort. Am erstaunlichsten ist, dass die
Metallsplitter eindeutig vom Planeten stammen.
Das heißt, dass das Röhrensystem auf dem
Planeten erbaut wurde. Eine Isotopenanalyse hat
dies eindeutig ergeben."
„Soll das heißen, dass die Erbauer dieser
Stationen von Gaia stammen?"
„Das habe ich nicht gesagt, nur dass das Material
dieser Station vom Planeten stammt."
„Aber, auf Gaia gibt es kein vernunftbegabtes
Leben!"
„Tja, die Station ist auch zwei Millionen Jahre
alt.", sagte John York. „Da kann viel passieren."
„Wir müssen versuchen, ins Innere der Röhren
zu gelangen. Bereiten Sie alles vor. Wir werden
einen Roboter hineinschicken. Morgen treffen
wir alle Vorbereitungen. Jetzt heißt es `Gute
Nacht`."
Nach einem harten Arbeitstag gingen alle sehr
müde in ihre Kabinen. Samantha schaute noch
einmal bei John vorbei.
„Hallo John.", sprach sie leise.
„Ja?"

„Ich möchte heute Nacht nicht allein sein."
„Unsere Kojen sind nicht gerade groß."
„Darf ich wenigstens noch eine viertel Stunde
bleiben?"
„Na komm schon rein", sprach John und hob die
Bettdecke hoch.
Samantha kletterte in John seine Koje und
schmiegte sich an ihn. Schweigend lagen sie
minutenlang nebeneinander.
„Was ist? Du bist so nachdenklich.", sprach
Samantha.
„Ich überlege gerade, wenn seit zwei Millionen
Jahren hier eine Station ist, wer hat sie wohl
erbaut." Sprach John.
„Die Metallproben besagen, dass das Material
von Gaia stammt." meinte Samantha.
„Aber dort gibt es kein höheres Leben, welches
so etwas erschaffen könnte." entgegnete John.
„Ich habe den Kapitän beobachtet. Ich denke, er
macht sich die gleichen Gedanken." sagte
Samantha.
„Was für Gedanken?" fragte John.
„Ich meine, es gab bis vor etwa zwei Millionen
Jahren auf Gaia eine hoch entwickelte
Zivilisation. Sie muss so hoch entwickelt gewesen
sein, dass sie die Raumfahrt beherrschte.

Auf Gaia selbst werden kaum noch Spuren davon existieren. In zwei Millionen Jahren ist die Erosion so groß, dass kein technisches Bauwerk mehr erhalten bleibt. Spätere Expeditionen werden bessere Möglichkeiten haben, um danach zu suchen. Wir sind für so etwas einfach nicht ausgerüstet. Auf den Monden gibt es kaum Erosion. Deshalb sind wir auch dort fündig geworden." sprach Samantha.
John wiegt den Kopf hin und her: „Schon möglich. Aber, wenn diese Zivilisation die Raumfahrt beherrschte, wo ist sie dann heute? Was ist aus ihr geworden? Sie kann sich doch nicht soweit zurückentwickelt haben, dass nur ein paar steinzeitliche Jäger übrig sind."
Samantha schüttelte den Kopf: „Nein, das glaub ich auch nicht. Stell dir doch nur mal eine zwei Millionen Jahre dauernde Entwicklung der Menschheit vor. Wir schicken uns jetzt an, das Weltall zu erobern. In fünfhundert Jahren können wir vielleicht bis an den Rand unserer Galaxis fliegen. Die Rohstoffe der Erde sind jetzt schon fast erschöpft. Die Menschheit wird wahrscheinlich aufhören zu existieren. Wir werden uns in der gesamten Galaxis niederlassen, Kolonien gründen, uns mit anderen

Zivilisation vereinen, neue Gesellschaften gründen.“

„Der Schimpanse bekäme eine zweite Chance.“, sprach John und schaute Samantha grinsend an.

„Ja, du brauchst gar nicht so zu lachen. Genau das meine ich.“ sagte Samantha ernsthaft.

„Du spinnst!“ John lachte.

„Ja, vielleicht spinne ich. Aber all das hier übersteigt unser Vorstellungsvermögen. Als diese große Zivilisation ihren Planeten verließ, bekam die Natur eine neue Chance, sich erneut weiterzuentwickeln. Die steinzeitlichen Jäger sind ein Beleg dafür.“ Meinte Samantha.

„Und wo ist diese Zivilisation heute?“ fragte John.

„Irgendwo in der Galaxis verstreut. Sie gibt es vielleicht gar nicht mehr. Vielleicht schauen sie auch ab und zu vorbei, um nach dem Rechten zu schauen.“ meinte Samantha.

„Oder sie haben eine ständige Beobachtungsstation und schauen uns zu, wie wir jetzt den Mond durchwühlen.“, sprach John und grinste schon wieder.

Samantha schaute ihn an und sprach: „So abwegig ist das gar nicht.“

„Nun gehen deine Fantasien mit dir durch.“ John

fasste sich kurz an den Kopf.

„Nein, ich gehe sogar noch weiter. Wenn sie so hoch entwickelt waren, werden sie vor zwei Millionen Jahren auch bemerkt haben, dass es noch andere bewohnte Welten gibt. Schon lange vermuten wir, dass die Erde schon einmal Besuch von außerirdischen Intelligenzen hatte. Allerdings hatten sie dann nur ein paar Urmenschen entdeckt. Aber die Tendenz der Evolution war auf der Erde damals eindeutig." Samantha redete sich fast in Rage.

„Sam, du hast zu viele Science Fiction Romane gelesen." Sprach John und lachte.

„Na ja, aber ganz von der Hand zu weisen sind meine Theorien nicht, oder?" fragte Samantha.

„Nein mein Schatz. Und nun, gib mir einen Kuss und ab zu dir in die Kabine. Die Wände sind für mehr einfach zu hellhörig.", sprach John und lachte.

Samantha gab ihm den Kuss und steckte im Kurz die Zunge heraus und verschwand.

25.

Der Bohrer verrichtete seine Arbeit. Millimeter
für Millimeter arbeitete er sich voran. Nur noch
eine kurze Zeit und sie würden endlich ins Innere
der Röhren gelangen. Der Roboter war schon
einsatzbereit. Was würden die Raumfahrer hier
finden? Die elektronische Abtastung ließ
plötzlich den Bohrer stoppen.
„Was ist los?", fragte über Funk der Kapitän.
„Wir sind durch. Die Metallhülle haben wir
durchbohrt.", rief Nguyen zurück.
„Gut. Dann machen sie mal den Roboter fertig."
„Okay."
Der Roboter war eine kleine, kaum zwanzig
Zentimeter große Drohne, welche auf Ketten
fahren und wie ein Miniflugzeug fliegen kann. An
Bord befanden sich viele Messinstrumente,
optische und akustische Aufzeichnungschips und
ein kleiner aber leistungsstarker Laser.
Gespannt saßen alle vor dem Monitor. Sie sahen,
wie sich die Drohne langsam in das Innere der
Röhre hinein schob.
„Die Instrumente zeigen keinerlei Atmosphäre.",
stellte Samantha fest.
Das Innere war fast völlig gefüllt mit

Staubpartikeln. Genauere Konturen konnte man kaum noch entdecken. Die Wände zeigten deutliche Spuren von Korrosion. Auf dem Boden lagen einzelne, verschiedenfarbige Stücke. Eine erste Analyse der der Drohne ergab, dass es sich aus organischem Material handeln musste.
„Es ist eindeutig Plastik ähnlich. Vielleicht Isoliermaterial. Möglicherweise finden wir noch irgendwelche Konsolen oder Monitore.", sagte Nguyen.
„Die Instrumente zeigen aber an, dass die Station über keinerlei Energie mehr verfügt. Nach zwei Millionen Jahren war dies auch nicht mehr zu erwarten. Die Korrosion ist wahrscheinlich eine Folge der einmal im Inneren vorhanden Atemluft. Als dann die Luft entwich im Laufe der Zeit, ließ auch die Korrosion nach. Wir sehen hier nur noch ein paar Reste. Trotzdem ist auch dies sehr aufschlussreich. Welche Legierung hält eine so lange Zeit, dass man sie noch so vorfindet."
Plötzlich ertönt das Rufsignal vom Raumschiff. Der Kapitän ging an den Steuerpult und sprach: „Hallo, was gibt's?"
Am Monitor zeigt sich Olga Komarova und sprach sehr aufgeregt: „Wir empfangen eine Reihe von

Signalen. Sehr rhythmische Signale sind dies. Sie sind genau auf uns gerichtet. Wir spielen sie euch mal vor."

Es folgte ein starkes Rauschen, immer wieder unterbrochen von einem Pfeifton, erst einmal, dann zweimal, dreimal usw. bis neunmal. Danach wiederholte sich das Ganze.

„Das empfangen wir nun schon seit vier Minuten und es hört nicht auf."

„Aus welcher Richtung kommen diese Signale?"

„Das ist das erstaunlichste. Es scheint ein bewegliches Objekt zu sein und kommt aus der Richtung des äußersten Gasriesen. Es bewegt sich nicht sehr schnell. Nur etwa einhundert Kilometer pro Sekunde. Es ist noch etwa eine Million achthundert Tausend Kilometer entfernt. Es dauert also noch ein paar Stunden bis es hier ist. Allerdings ist es noch nicht sichtbar. Es muss also sehr klein sein."

„Gut, wir sind hier so gut wie fertig. Wir packen unsere sieben Sachen und kommen zu euch. Bereiten Sie unser Andocken vor."

„In Ordnung, Kapitän."

Eine Stunde später erhob sich der Shuttle und flog zurück zum Raumschiff. Nach dem Andocken ging der Kapitän sofort zur Brücke. Dort warteten bereits Jasmina Al-Dhabi, Sahra Müller und Alexander Freitag auf ihn.

„Wie sieht es aus? Was macht die Signalquelle?", fragte der Käpt`n.

„Wir haben ein kleines kugelförmiges Objekt ausgemacht. Es hat einen Durchmesser von wahrscheinlich knapp einen Meter. Die Geschwindigkeit ist konstant bei einhundert Kilometern pro Sekunde. Es wird in zweieinhalb Stunden hier sein."

„Herr Freitag, machen sie ein Shuttle fertig. Wenn es hier auftaucht werden wir es eventuell untersuchen. Ich denke nicht, dass es einfach vorbeifliegt. Da die Signale direkt auf uns gerichtet sind, will hier jemand etwas von uns."

„Okay.", sagt Alexander Freitag und verließ die Brücke.

„Frau Al-Dhabi", der Kapitän sprach den zweiten Offizier und Chefastronomin an, „was wissen wir von dem fremden Objekt?"

„Das Objekt ist kugelförmig, eine Antriebsquelle oder Energiequelle ist nicht auszumachen. Es besteht wahrscheinlich aus einer Legierung. Wir können sie nicht genau bestimmen. Der

Durchmesser ist genau fünfundsiebzig
Zentimeter. Vor einer Minute haben die Signale
aufgehört. Mehr wissen wir nicht."
„Okay. Ich bin in der Messe. Wenn es etwas
Neues gibt rufen sie mich. Ansonsten bin ich in
zwei Stunden wieder hier."
„Alles klar, Käpt`n."

26.

Noch immer bewegt sich das fremde Objekt auf
das Raumschiff zu. Den Messungen zur Folge, ist
die Gestalt des Objektes eine exakte Kugel. Auf
der Brücke herrschte knisternde Spannung. Als
die Kugel nur noch eintausend Meter entfernt
war stoppte diese plötzlich.
Der Kapitän saß in der Messe und trank einen
Kaffee und aß ein Stück Schokoladenkuchen, als
er von der Brücke gerufen wurde. Mit schnellen
Schritten eilte er zur Brücke. Dort angekommen
sprach Frau Al-Dhabi zu ihm: „Das Objekt hat
genau eintausend Meter vor uns gestoppt. Wir
haben es mehrmals gescannt. Es ist eine exakte
Kugel. Es gibt keine Öffnungen, keine Sicken,
keine

Nähte oder irgendetwas anderes. Sie ist einfach
nur rund und glatt. Das Material können wir auch
nicht bestimmen. Im Radar ist das Objekt nicht
auszumachen, ebenso im Infrarotbereich. Das
einzige, was wir wissen, ist das was wir sehen
und das es Radiosignale an uns gesendet hat.
Wie wir gehört haben war es nur ein
rhythmisches Pfeifen. Und dies ist verstummt."
„Herr Freitag, machen sie bitte eine Sonde
startbereit. Wir wollen uns es mal aus der Nähe
betrachten."
„Eye, eye, Käpt`n."
Fünf Minuten später machte sich eine Sonde auf
den Weg zu der Kugel. Aber etwa einhundert
Meter vor dem Objekt wurde sie plötzlich
abgebremst.
„Was ist los Herr Freitag? Warum halten sie
schon?", fragte der Kapitän.
„Das sind nicht wir. Irgendeine Kraft hat unsere
Sonde gestoppt.", er schaute auf seine
Instrumente und sprach weiter, „ich kann nicht
sagen was es ist. Ich messe keinerlei
Energiewerte. Rein gar nichts. Es muss eine Form
der Energie sein, welche wir nicht kennen. Ich
schalte jetzt die Treibwerke aus, bevor sie sich
überhitzen."

„Ja, tun sie das. Und versuchen sie so viele
Informationen wie möglich zu bekommen
Irgendeine Form der Materie muss das
verdammte Ding ja haben.“
„Die Messgeräte zeigen nichts an. Gar nichts. Nur
visuell, das was wir sehen.“
„Holen sie die Sonde zurück.“
„Okay.“
Plötzlich meldete sich Frau Müller: „Ich
empfange wieder Signale. Aber diesmal nicht nur
Audio sondern auch Videosignale.“
„Auf den großen Hauptschirm.“, sprach der
Kapitän.
Was sie nun sahen, verblüffte die Raumfahrer. Es
waren ganz klar Kreise zu sehen und
punktförmige Objekte, welche sich bewegten.
„Was ist das?“, fragte der Kapitän.
Frau Al-Dhabi antwortete: „Das ist eine genaue
Darstellung dieses Sonnensystems. Die Punkte
sind die Planeten.“
Auf einmal leuchtete ein kleiner Punkt strahlend
auf. Und bewegte sich auf den Bildschirmrand
zu.
„Das ist unser Raumschiff. Es starte genau von
der Stelle, auf der wir uns jetzt gerade befinden.

Da, sehen sie jetzt, " die Chefastronomin schrie es
geradezu heraus, „Sterne ziehen an uns vorbei und nun stehen wir plötzlich am Rande unseres Sonnensystems. Wenn ich dies richtig sehe, genau an der Stelle, wo wir ankommen müssten, wenn wir auf direktem Wege und mit Höchstgeschwindigkeit reisen würden. Und die Planetenkonstellation stimmt auch genau. Jetzt fliegen wir nur noch langsam und steuern genau die Erde an. Es ist unglaublich."
„Das kann doch nicht sein, das kann doch nicht sein!", sprach Alexander Freitag.
Das ganze dauerte nur ein paar Minuten und wiederholte sich ständig. Fassungslos saßen die Raumfahrer vor ihren Bildschirmen und verfolgten das Schauspiel wieder und wieder.
Der Kapitän fasste sich als erster: „Frau Müller, woher kommt diese Videobotschaft?"
„Von der Kugel."
„Frau Al-Dhabi, ihre Meinung?"
„Sie zeigen uns, dass sie uns überlegen sind!"
„Wer sind sie?"
„Tja, das ist hier die Frage. Wer sind sie?"

Der Kapitän sprach in sein Mikrofon: „John
O`Brian, bitte auf die Brücke. Alle anderen
Offiziere und Samantha Brown bitte in den

Beratungsraum.“
Während der Chefpilot zu Brücke eilte, trafen
sich alle Führungsoffiziere im Beratungsraum.
Samantha Brown wusste nicht so recht, warum
sie an der Beratung teilnehmen sollte.
„Freunde“, sprach der Kapitän, „ich möchte ihre
Meinungen hören. Wir alle sind verblüfft und
fassungslos zugleich. Da taucht eine Kugel auf,
welche wir nicht untersuchen können. Sie
entzieht sich all unseren Scans. Und dann diese
Videobotschaft.“
Frau Al-Dhabi sprach als erste: „Mich beschäftigt
sie Frage, woher diese Kugel stammt? Wer sind
die Erbauer? Es muss ein Zusammenhang
existieren zwischen den alten Bauwerken auf
den Monden und dieser Kugel. Die Bewohner
von Gaia sind gesellschaftlich auf dem Stand vom
Homo erectus. Die metallurgische
Zusammensetzung der Mondbauwerke sagt aus,
dass sie auf Gaia hergestellt wurden. Sie
stammen eindeutig aus diesem Sonnensystem.
Entweder waren vor zwei Millionen Jahren schon

einmal Raumfahrer hier und haben dieses
Sonnensystem erforscht, oder auf Gaia hat vor
zwei Millionen Jahren eine Hochkultur existiert,
welche dazu ihn der Lage war."
„Und wo sind sie heute?", fragte Dr. Khama.
„In einer so langen Zeit kann viel passieren. Das
wir auf Gaia keine Spuren fanden, ist logisch.
Kein Bauwerk hält eine so lange Zeit.", sprach
Alexander Freitag.
„Samantha, ich habe sie hierher gebeten, weil sie
eine sehr interessante Theorie entwickelt haben,
wie mir John York sagte. Er sprach mit mir
darüber, da sie wahrscheinlich keinen Mut
hatten mit mir zu reden. Nun erläutern sie uns
ihre Theorie!" sprach Kapitän Johansson.
„Ich bin keine Biologin, und keine Historikerin.
Aber ich hab mir halt so meine Gedanken
gemacht. Auf Gaia gibt es keine Primaten. Die
Evolution geht hier einen ganz anderen Weg.
Vernunftbegabte Reptilien werden hier einmal
die herrschende Spezies sein. Das ist jetzt schon
abzusehen. Und wir haben Pflanzen gesehen,
welche bewusst ihren Standort verändern
können. Sie gehen geradezu auf Jagd.
Fleischfressende Pflanzen, welche nicht warten,
bis Insekten zu ihnen kommen, sondern die aktiv

auf Insektenjagd gehen. Wie wäre es, wenn unsere steinzeitlichen Reptilien schon die zweite Intelligenz auf diesem Planeten sind?", Samantha sprach richtig erregt.

„Wie meinen sie das?", fragte der Kapitän.
„Schauen wir uns den Planeten doch einmal an. Kaum Bodenschätze. Wieso kaum Bodenschätze? Es kann doch möglich sein, dass es auf diesem Planeten schon einmal eine hochintelligente Gesellschaft gab. Eine, welche die Raumfahrt schon beherrschte. Und als die Rohstoffe immer knapper wurden, zogen sie weg. Sie verließen ihren Planeten. Die Evolution ging aber weiter. Neue Tierarten entstanden. Der gesamte Planet renaturalisierte sich. Kein künstliches Bauwerk hält zwei Millionen Jahre."
„Was hat das mit unserer Kugel zu tun? Spinnen sie den Faden weiter."
„Natürlich lassen sie ihren Heimatplaneten nicht allein. Sie beobachten ihn ständig. Sie sind dabei so vernünftig, dass sie die Natur in Ruhe lassen. Wahrscheinlich waren die steinzeitlichen Jäger vor zwei Millionen Jahren das, was unsere Schimpansen, Gorillas und Orang-Utans heute für uns sind. Sie bekamen mit dem Auszug der

vorherrschenden Spezies eine Chance, sich
weiterzuentwickeln. Und die Evolution ging
wieder in Richtung Intelligenz. Diese Theorie
erklärt die fehlenden Rohstoffe und die
Bauwerke
auf dem Mond. Bei dem Stand der Technik hatte
die erste Gaia-Intelligenz auch bemerkt, dass
unsere Erde ein lebenswerter Planet ist. Sie hat
unseren Planeten besucht und hat vor zwei
Millionen Jahren den Homo erectus
vorgefunden. Sie wussten also, dass wir
irgendwann hier herkommen. Vielleicht
beobachten sie uns auch schon lange. Das erklärt
das Auftauchen dieser Kugel.“
„Käpt`n, schauen Sie!“, rief Frau Al-Dhabi. „Ein
neuer Film läuft ab.“
Nun sahen alle wie gespannt auf den Monitor.
Wie gebannt verfolgten sie, was die Fremden
ihnen nun zeigten. Was sie sahen, konnte man
kaum für möglich halten. Aber die Sinne
täuschten sie nicht. Sie sahen die Erde. Langsam
kam die Kamera ihres Heimatplaneten näher.
Einen Flugkörper sahen sie nicht. Die Kamera flog
in die Atmosphäre ein. Schließlich sahen sie sie
auf den afrikanischen Kontinent zufliegen. Sie
verharrte plötzlich in der afrikanischen Savanne.

Sie sahen eine Horde herumziehender, nur mit
Fellen bekleideter Gestalten.
Der Kapitän rief in sein Mikrofon: „Frau
Thornton, bitte sofort in den Beratungsraum!"
Inzwischen hielt die Gruppe der Fell tragenden
Gestalten hielt inne. Und betrachtete einige
Spuren auf dem Boden.
Silvana Thornton betrat den Raum und sah sofort
auf den Bildschirm. Was sie dort sah, versetzte
sie in maßloses Erstaunen.
„Frau Thornton, was halten Sie davon?", fragte
der Käpt`n.
„Ich bin keine Anthropologin, aber es sieht aus
wie eine Horde des Homo erectus. Sie scheinen
auf der Jagd zu sein."
Die Szenerie änderte sich nun. Sie sahen ein
Lager. Es bestand aus einer Art Rundhütten aus
Stöcken und Knochen, welche mit Stroh und
Lehm abgedeckt sind. In der Mitte des Lagers
brannte ein Feuer. Um das Feuer herum saßen
Menschen mit Spießen in der Hand. Auf diesen
Spießen waren offensichtlich Fleischstücke
befestigt. Manche aßen diese Fleischstücke,
andere hielten die Spieße über das Feuer. Es
waren eindeutig Menschen.

„Das sind Homo sapiens. Ganz eindeutig. Der
Film hat einen gewaltigen Sprung nach vorn
gemacht.", sagte Silvana Thornton.
„Was machen die dort hinter den Hütten?",
fragte Dr. Khama.
Sie sahen, wie einige Menschen, dem Körperbau
nach zu urteilen Frauen, auf ein großes Stück
Tierhaut herumkauten.
„Tja, sie bearbeiten Leder, damit es weich wird
und zu Kleidung weiterverarbeitet werden
kann.", sagte Frau Al-Dhabi.
Sie sahen nun wie ein Mann eine Frau an der
Hand in eine Hütte zog. Sekunden danach kamen
einige kleine Kinder aus der Hütte gerannt.
Danach wurde eine Tür aus Holzstäben und
Pflanzenfasern von Innen vor die Öffnung
geschoben und damit verschlossen.
Silvana lächelte viel sagend und sprach: „Seit
fruchtbar und mehret Euch."
Die Anderen im Raum sahen sie verdutzt an.
„Naja, es gibt Dinge die macht man lieber nur zu
zweit. Damals wie heute.", sagte Silvana.
Die Anderen verstanden und lächelten ebenso.
Dies Alles spielte sich in totaler Stille ab. Die
Übertragung war ohne Ton.

Die Übertragung machte nun offensichtlich wieder einen Sprung. Man sah eine riesige Masse an Menschen. Wie es aussah, alles Männer. Sie waren in zwei große Lager geteilt. Sie standen sich gegenüber. Die Menschen auf beiden Seiten hatten Kleidung an und trugen Speere und Schwerter. Einige hatten auch Schilder in der Hand. Im Vordergrund beider Seiten waren einige Reiter zu erkennen. Die zwei Lager trennten etwa dreihundert Meter. Plötzlich rannte alle aufeinander zu. Als sie aufeinander trafen, schlugen und stachen sie sich. Es war ein furchtbares Gemetzel. Die Stille dazu machte die Szene geradezu gespenstig.

Der Käpt`n sagte: „Ich bin kein Historiker. Wenn ich die Waffen sehe, die Kleidung mit den Helmen, so denke ich, es könnte sich im alten Sumer oder Assyrien zuspielen. Damals wurden Kriege so geführt. Furchtbar."

Überall fielen Männer hin und bluteten. Die meisten blieben reglos liegen. Aber einige bewegten sich noch. Man konnte sie trotz der Stille stöhnen und schreien hören.

Wieder änderte sich die Szenerie. Man sah nun viele Männer, welche mit Hilfe dicker Taue einen Steinquader zogen, welcher sich auf

Holzstämmen weiter bewegte. An der Seite standen andere Männer mit Peitschen, welche auf die Ziehenden einschlugen. Im Hintergrund sah man eine Pyramide ohne Spitze.

„Wir sehen den Bau der ägyptischen Pyramiden. Fantastisch.", sprach Dr. Khama.

Es gab nun einen kurzen Schnitt und eine Szene änderte sich erneut. Man sah einen großen Triumphbogen, große Gebäude, viele belebte Straßen. Große Wagen wurden von Pferden und Rindern gezogen. Im Hintergrund sah man einen großen Palast.

„Wir sind offensichtlich im antiken Rom gelandet. Nun fehlt nur noch ein großer Triumphmarsch von Julius Cäsar.", sprach Frau Al-Dhabi.

„Was ist das?", fragte Silvana.

Nun sahen sie eine belebte Stadt. Autos fuhren in den Straßen und Menschen hasteten umher. Dann sah man im Hintergrund einen gewaltigen Blitz und eine pilzförmige Wolke stieg in den Himmel. Was sie dann sahen, ist ein gigantisches Trümmerfeld. Nur ganz wenige Gebäude standen noch. Keine Menschenseele war zu sehen, nur Qualm und Rauchsäulen stiegen auf. Es waren auch keine Vögel zu sehen.

„Der Atombombenabwurf von Hiroshima 1945. Schrecklich!", sagte Kapitän Johansson.
Der Film machte erneut einen Sprung. Sie sahen einen Raumgleiter, wie er zu einer großen Station

flog und andockte.
„Das ist die erste Internationale Raumstation am Anfang des einundzwanzigsten Jahrhundert. Man kann die einzelnen Module deutlich erkennen.", sagte Alexander Freitag.
Die Szenerie änderte sich wieder. „Da schaut, das sind wir, das ist unser Raumschiff wie es von der Station Beta drei abkoppelte.", rief Dr. Khama, „wie nah sie uns waren." Der Film endete abrupt.
„Die Übertragung ist beendet!", sprach Alexander Freitag.
„Haben Sie die Zeichen rechts oben bemerkt. Sie haben sich mit jeder Szenerie verändert?", fragte Kapitän Johansson in die Runde.
„Sah wie eine Schrift aus. Aber einige Zeichen blieben gleich, andere ähnelten sich.", sprach Silvana Thornton.
„Es kommt wieder eine Übertragung!", rief Alexander Freitag.

Es war zunächst nur ein Bild. Es zeigte nur diese Schriftzeichen.
„Vielleicht eine Art Alphabet?", mutmaßte Alexander Freitag.
„Sahra Müller wird es herausfinden.", bemerkte der Käpt´n.
Nach etwa zwanzig Sekunden sah man wieder einen Film. Nun sah man das Planetensystem Gliese 581. Zu sehen war der Planet Gaia, wie er sich um seine Sonne bewegt. Dabei waren wieder rechts oben im Bild diese fremden Zeichen zu sehen. Nach genau einer Umrundung von Gaia veränderte sich ein Zeichen.

27.
Die Linguistin Sahra Müller saß an ihrem Computer und fütterte ihn mit den vorhandenen Daten. Die Zeichenfolge schien in der Tat eine Form des Alphabetes zu sein. Nach einer viertel Stunde hatte sie ein brauchbares Ergebnis.
Im Beratungsraum saßen immer noch die Führungsoffiziere, Samantha Brown und Silvana Thornton vor dem großen Bildschirm. Die

Fremden übertrugen zurzeit den Film ein zweites
Mal.
„So, wir haben also einige Kapitel unserer
Geschichte erlebt. Es ist erstaunlich, wie nah sie
uns dabei gekommen sind. Ab dem zwanzigsten
Jahrhundert hatten wir elektronische
Ortungssysteme, wir hatten Radar, Infrarot,
Bewegungsmelder, was weiß ich noch alles. Im
einundzwanzigsten Jahrhundert hatten wir schon
hochempfindliche Scanner, mit deren Hilfe wir in
Sekundenschnelle Messungen ganzer
Planetensysteme durchführen können. Trotzdem
haben wir sie nie bemerkt.", der Kapitän sprach
ziemlich erregt. Aus der rechnerzentrale meldete
sich die Linguistin Sahra Müller: „Ich habe etwas
gefunden, Käpt´n.“
„Was haben sie herausgefunden?“
„Der Computer hat die Zeichen auf dem Film als
Jahreszahlen identifiziert. Anhand der Umlaufzeit
von Gaia um Gliese 581 und der Veränderung
der Zeichen habe ich herausgefunden, dass der
erste Teil des Filmes vor 1.924.013 Jahren
stattfand!“ Im Raum herrschte angesichts dieser
Zahl zunächst Schweigen.
Der Kapitän fasste sich als erstes. Er fragte: „Und
die anderen Abschnitte?“

„Teil zwei war vor 18.024 Jahren, der dritte
Abschnitt vor 3.105 Jahren, der Bau der
Pyramide vor 2.872 Jahren, die Aufnahme von
Rom war im Jahre 81, der nächste Abschnitt war
tatsächlich der Atombombenabwurf von
Hiroshima 1945, der
vorletzte Abschnitt der Bau der ersten
Internationalen Raumstation ISS im Jahr 2006
und das letzte, wie wir sahen, unser Start.“
„Einfach unglaublich. Wer weiß, was sie noch
alles gefilmt haben. Ob die Überwachung
lückenlos war oder nur sporadisch. Jedenfalls
waren und sind jeder Zeit über unsere
Entwicklung informiert. Wir wissen nur nicht, wo
sie sich heute befinden. Zumindest nicht auf
Gaia.“
„Käpt`n, es kommt eine neue Übertragung!“, rief
wieder Alexander Freitag.
Sie sahen jetzt wieder ihr Raumschiff, wir es
startete und sich aus dem System Gliese 581
entfernte. Im nächsten Augenblick sahen sie ihr
heimatliches Sonnensystem. Sie sahen Saturn
mit seinen Ringen. Der Film zeigte Ihnen, wie ihr
Raumschiff auf den dritten Planeten zuhielt.
Aber sie steuerten nicht auf die Erde direkt zu.
Sie flogen auf der Erdbahn auf einen Punkt direkt

auf der anderen Seite der Sonne zu. Dort
näherten sie sich einem kleinen Punkt. Dieser
Punkt wurde vergrößert und sie sahen eine
perfekte, silbrige Kugel. Sie war genauso groß,
wie die Kugel, welche nun vor ihnen sich
befindet. Dieser Film wiederholte sich dreimal.
„Sieht wie eine Aufforderung aus, nach Hause zu
fliegen, um diese Kugel zu finden.", sprach Frau
Al-Dhabi.
„Warum haben wir diese Kugel nie geortet?",
fragte Alexander Freitag.
„Weil wir nie danach gesucht haben.", sprach der
Kapitän.
„Diese Kugel bewegt sich exakt auf der Erdbahn,
nur genau auf der anderen Seite. Ein perfektes
Versteckt. Wir können es von der Erde nie orten.
Die Sonne verhindert dies. Und wer weiß aus
welchen Material sie besteht. Wir haben diese
Sonde hier auch nicht bemerkt, Erst als sie da
war sahen wir sie. Aber nicht die Sensoren
registrierten sie. Erst als sie uns optisch schon
sehr nahe war. Sie sind uns technologisch zwei
Millionen Jahre voraus. Das muss man sich mal
vorstellen. Auf sie müssen wir wie Neandertaler
wirken. Als sie die Raumfahrt schon

beherrschten, liefern wir noch mit Faustkeilen
umher.“

„Na, dann gehen sie mal in ihr Stonehenge und
berechnen einen Kurs und einen Zeitplan für
unsere Heimkehr. Legen Sie mir alles in einer
Stunde vor. Herr Freitag, Sie beobachten auf
dem Monitor alles Weitere. Sollte es etwas
Neues geben, ich bin in meiner Kabine. Es war
ein anstrengender Tag. Gute Nacht allerseits.“

„Wollen sie nicht auch zu Bett gehen, Käpt`n?“,
fragte Alexander Freitag.

„Erst nach ihren Bericht.“

„Ich werde die Berechnungen von der Brücke aus
machen.“

„Gut.“

Alle erhoben sich und gingen ebenfalls in Ihre
Kabinen. Nur Alexander Freitag ging zur Brücke,
um John O`Brian abzulösen.

„Hallo John. Ich löse Sie ab. In sechs Stunden
kommt Frau Al-Dhabi und löst mich ab.“

„Okay. Gute Nacht.“

„Gute Nacht“

28.

Ein gellendes Geräusch ging durch alle Flure und Räume des Raumschiffes. Es war wie ein schrilles Pfeifen. Ein gigantischer Blitz von unvorstellbarer Stärke traf das Raumschiff am Bug. Eine gewaltige Erschütterung traf dabei das Schiff. Das ganze dauerte nur zehn Sekunden. Es war, als wenn ein gewaltiges Erdbeben der Klasse neun das Schiff getroffen hätte. Im gesamten Schiff war es stockdunkel. Einrichtungsgegenstände und Glas gingen zu Bruch. Die gesamte Energieerzeugung brach zusammen. Antriebe und Lebenserhaltungssysteme sind ausgefallen. Von den Außenkameras empfing man kein Bild mehr. Die interne Kommunikationsanlage funktionierte nicht mehr. Es gab zahlreiche Verletzte Besatzungsmitglieder.

Auf der Brücke befand sich zu dem Zeitpunkt nur der Chefingenieur Alexander Freitag und Jaqueline Millet. Beide wurden durch die Erschütterung auf den Boden geworfen. Jaqueline Millet verletzte sich dabei am Kopf und blutete. Alexander Freitag tastete sich zum Steuerpult und fand eine dort befestigte Taschenlampe. An jedem Arbeitsplatz befand

sich solch eine Lampe. Er schaltete sie ein und leuchtete in den Raum hinein. Als er die Technikerin sah, wie sie verletzt am Boden lag, ging er zu ihr, um ihr zu helfen.
„Jaqueline, wie geht es ihnen?"
„Mein Kopf schmerzt. Auch habe ich schmerzen an der Schulter."
„Kommen sie. Nehmen sie meine Hand und

versuchen sie aufzustehen."
Sie ergriff seine Hand und stand auf. Alexander Freitag setzte sie auf einen Sitz am Steuerpult, welcher ganz geblieben war. Jaqueline stöhnte dabei schmerzhaft auf und fasste sich dabei an den Oberarm. Der Chefingenieur betätigte nun den manuellen Schalter für die Notbeleuchtung im Schiff. Die Automatik schien ebenfalls ausgefallen zu sein. Sofort gingen mehrere Lämpchen an. Er überprüfte nun welche Systeme noch funktionierten.
„Wenn ich das richtig sehe, ist unser Raumschiff blind, taub und gelähmt. Verdammt. Ich bekomme keinen Kontakt zu irgendjemand auf dem Schiff. Da wir aber noch nicht erstickt sind, gibt es wahrscheinlich kein Leck an Bord."

Da hörte man an der Tür ein lautes Kratzen und Hämmern. Es versucht offensichtlich jemand die Tür aufzubrechen, denn Auch diese Automatik war ausgefallen. Von außen hörten sie jemanden rufen: „Hallo. Ist noch jemand am Leben?"
„John, sind sie es?", reif Alexander Freitag.
„Ja.", antwortete John York.
„Jaqueline ist verletzt."

„Ich versuche mit Brecheisen die Tür aufzuhebeln."
„In Ordnung."
Mit einem Ruck tat sich in der Tür einen Spalt auf. Freitag sah, dass auf der anderen Seite John York und Michael Townsend mit einem langen Hebel den Spalt immer weiter öffneten, bis ein Mensch hindurchpasste.
„Oh Mann, nur gut, dass wir noch so altertümliches Werkzeug mitgenommen haben.", sprach der Chefingenieur.
„Tja, ein Klempner wie ich braucht so etwas.", sprach Michael Townsend.
„John", Alexander Freitag sprach den Piloten an, „bringen sie Jaqueline in die Krankenstation. Wie sieht es im Rest des Schiffes aus, Michael?"

„Ihr seid die Letzten, die wir befreien konnten.
Der Kapitän ist unverletzt und ging in den
Maschinenraum." antwortete Michael
Townsend.
„Hier sieht es nicht gut aus. Nichts, außer der
Notbeleuchtung, geht mehr." sagte Alexander
Freitag.
„So ist es im gesamten Schiff." sprach Michael
Townsend daraufhin.
„Versuchen Sie das Lebenserhaltungssystem
wieder in Gang zu bekommen. Ich gehe zum
Kapitän in den Maschinenraum." rief der
Chefingenieur.
„Okay."
Alexander Freitag ging zum Maschinenraum. Auf
den Fluren waren überall Trümmer. Ein Wunder,
dass das Raumschiff überhaupt noch existierte
bei diesen Schäden. Im Maschinenraum traf er
den Kapitän.
„Herr Freitag, gut dass sie da sind. Sehen sie zu,
dass die Lebenserhaltung wieder in Gang kommt.
Ebenso die Triebwerke. Teilen sie
Handfunkgeräte an alle aus, damit wir uns
untereinander wieder verständigen können.
Weiß schon jemand wie es draußen aussieht?"
fragte der Kapitän.

„Nein. Die Kameras sind noch außer Betrieb und
zur Cafeteria haben wir noch keinen Zugang."
antwortete Freitag.
„Nun ja. Geben sie mir ein Funkgerät. Ich gehe
zunächst zur Krankenstation." Der Chefingenieur
gab dem Kapitän ein Funkgerät. In einem kleinen
Schrank im „Büro" des Maschinenraums befand
sich genau für so einen Notfall für jedes
Besatzungsmitglied ein Funkgerät. Der Käpt`n
nahm es und verließ den Raum.

29.

In der Krankenstation hatten die Ärzte alle
Hände voll zu tun. John York brachte gerade
Jaqueline Millet. Viele Besatzungsmitglieder
hatten Verletzungen davongetragen. Bis auf
Jaqueline Millet hatten alle anderen aber nur
leichte Blessuren.
Der Kapitän sprach den Chefarzt an: „Dr. Khama.
Wie sieht es aus?"
„Nach den ersten Erkenntnissen halten sich die
Verletzungen in Grenzen. Nur Jaqueline Millet
hat eine schwere Gehirnerschütterung und eine
stark blutende Wunde am Kopf. Sie kann auf

keinen Fall den Dienst in den nächsten Tagen
wieder aufnehmen. Jack Forbisher hat einen
gebrochenen linken Arm. Wir werden diesen für
ein paar Tage ruhig stellen. Wenn wir Energie
hätten, könnten wir durch Bestrahlung den Arm
schneller heilen. Aber so dauert es halt etwas
länger." Erklärte der Chefarzt.
„Das ist im Moment nicht zu ändern. Die
Ingenieure arbeiten daran. John, " der Kapitän
sprach den Ingenieur an, „kommen sie mit mir
zur Cafeteria. Ich will endlich wissen, was da
draußen passiert."

„In Ordnung."
Die Cafeteria befand sich nur einen Flur weiter
von der Krankenstation. Mit dem Brecheisen
hatten sie die Tür sehr schnell auf. Kapitän
Johansson und John York gingen sofort an das
große Fenster. Was sie sahen verschlug ihnen
den Atem.
„Das kann doch nicht sein. Träume ich?", sprach
John York.
„Sie träumen nicht!", sprach der Käpt`n.
„Nichts, absolut nichts zu sehen. Kein Stern,
keine Planeten, keine Sonne. Nur dieses totale

Schwarz. Was zum Teufel ist hier los?“ fragte
John York.
„Ich weiß es nicht. Wenn doch nur die
verdammten Kameras wieder gingen.“ sprach
der Kapitän.
„Dann würden wir vermutlich auch nicht mehr
sehen.“ meinte John York.
„Klar. Sie haben Recht. Aber irgendwas muss da
draußen sein. Irgendwas muss diese
Erschütterungen ja hervorgerufen haben.“ Der
Kapitän schüttelte den Kopf.
Am Funkgerät meldete sich Alexander Freitag:
„Maschinenraum an Käpt`n Johansson!“
„Ja, was gibt es?“
„Wir haben wieder Energie. Der Fusionsreaktor
läuft wieder.“
„Danke, sehr gut!“
 In dem Moment ging auch das Licht an.
„Kommen Sie John, wir gehen auf die Brücke!“
Das gesamte Schiff verfügte nun wieder über
Energie. Es war jetzt wieder möglich, alle
Systeme wieder in Gang zu bringen und Fehler zu
beheben.
Auf der Brücke angekommen, sahen sie, dass alle
Kontrollleuchten wieder funktionierten.

„Schalten Sie die Außenkameras ein!", sprach
der Kapitän.
„Okay, dann wollen wir mal sehen." sprach John
York. Die Monitore blieben leer. Gar nichts war
zu sehen.
„Sind die Kameras an?", fragte der Käpt`n.
„Ja, Käpt`n. Alle Kameras laufen. Die Monitore
sind ebenfalls an. Trotzdem ist nichts zu sehen.
Ich schalte um auf Infrarot. Auch nichts zu
sehen."
„Und die anderen Sensoren?"
„Nichts. Gar nichts. Die Sensoren registrieren
keine Energie außerhalb des Raumschiffs. Keine
Magnetfelder, keine elektrischen Felder, keine
Gravitationsfelder, keine Wellen. Ich verstehe
das nicht."
Der Kapitän rief über seinen Kommunikator:
„Frau Al-Dhabi, Herr Forbisher, Herr Cellini und
Herr O`Brian in den Beratungsraum, " und zu
John York sprach er, „und Sie bleiben hier. Wenn
sich etwas ändern sollte, rufen Sie uns."
Als der Kapitän im Beratungsraum ankam, waren
die Anderen schon anwesend. Der Käpt`n saß
sich an die Stirnseite des Tisches,

„So ratlos wie heute waren wir wahrscheinlich noch nie", begann der Kapitän. Die Anderen nickten nur zustimmend.
„Hat denn keiner eine Erklärung, und wenn sie noch so vage ist?"
„Ich hätte vielleicht eine." Die Chefastronomin Al-Dhabi räusperte sich kurz und sprach weiter: „Es könnte sein, dass ein Kraftfeld uns umgibt, welches keinerlei Wellen und Felder durchlässt. Deshalb sind wir auch stockblind und taub."
„Ein Kraftfeld von einer solchen Stärke ist einfach undenkbar." Sprach John O´Brian.
„Für uns. Aber für eine Zivilisation, welche schon seit zwei Millionen Jahre existiert sicherlich nicht. Diese verfügt über Möglichkeiten, welche unsere Begriffswelt sprengt. Nur weil wir es nicht verstehen, heißt dies noch lange nicht, dass es nicht geht. Schon seit über einhundert Jahren vermuten wir, dass es möglich ist, sich frei im Raum und Zeit zu bewegen. Wir wissen, dass es Teilchen gibt, welche sich schneller als das Licht den Ort wechseln können, sogenannte Tachyonen. Warum sollte es also nicht möglich sein ein solches Feld zu konstruieren?"
„Frau Al-Dhabi hat Recht." sprach der Physiker Jack Forbisher. „Dies ist absolut möglich. Keiner

bezweifelt heute die Existenz solcher Teilchen. Auch Energiequellen, welche schwarze Löcher künstlich erzeugen und beherrschen sind absolut möglich. Und wer über solche Energiequellen verfügt, ist auch in der Lage ein solches gigantisches Kraftfeld zu erzeugen."
„Gut, gehen wir davon aus, dass wir uns in einem solchen Kraftfeld befinden. Wie nun weiter? Wie kommen wir hier wieder heraus?" fragte der Kapitän.
„Aus eigener Kraft wahrscheinlich nicht, " sprach John O`Brian.
„Aber irgendetwas müssen wir doch unternehmen. Wir können doch hier nicht einfach rumsitzen und Däumchen drehen. Was sollen wir der Mannschaft erzählen? Sollen wir Ihnen sagen, dass wir hier vielleicht nie wieder rauskommen?" Frau Al-Dhabi sprach sehr aufgeregt.
„Wir dürfen auf keinen Fall eine Panik erzeugen. Das ist das Letzte, was wir gebrauchen können." sagte der Kapitän zu der Chefastronomin und wandte sich an den Physiker: „Herr Forbisher, arbeiten Sie mit Herrn Freitag zusammen und finden Sie eine Möglichkeit, das Kraftfeld zu durchbrechen."

„Okay."
„Gut. Wir treffen uns in vier Stunden wieder
hier."

30.
Vier Stunden später saßen sie wieder zusammen.
„Käpt´n, wir haben einen Vorschlag. Starten wir
eine Sonde zur Untersuchung des Kraftfeldes."
sprach Jack Forbisher.
„Die Sonde dürfte nicht weit kommen." sagte
Frau Al-Dhabi.
„Das stimmt." entgegnete Jack Forbisher. „Aber
selbst wenn sie abgebremst wird, erhält man
Energiewerte. Und diese kann man dann
messen. Auch wenn sie zerstört wird oder
irgendetwas
anderes passiert. Man kann es messen. Es wäre
zumindest ein Anfang. Wir haben nicht viele
Möglichkeiten. Mit dem Raumschiff es zu
versuchen, wäre viel zu riskant."
„Gut." Sprach Kapitän Johansson. „Wann kann
die Sonde starten?"
„In einer Stunde." antwortete Alexander Freitag.

„Also gut! In einer Stunde starten Sie die Sonde.“
befahl der Käpt´n.
Eine Stunde später war die Sonde einsatzbereit.
Alexander Freitag befand sich an der
Abschussvorrichtung der Sonde, Jack Forbisher
war im Physiklabor und überwachte die
Sensoren, Jasmina Al-Dhabi war mit dem Kapitän
Johansson und Olga Komarova auf der Brücke.
Der Kapitän rief den Chefingenieur: „Herr
Freitag. Sind Sie fertig?“
„Ja, alles bereit.“
„Okay. dann starten Sie die Sonde.“
Auf den Monitoren konnten sie sehen, wie die
Sonde sich vom Raumschiff entfernte. Als sie
etwa einhundert Meter entfernt war meldete
sich Jack Forbisher: „Die Sonde wird jetzt
abgebremst. Die Triebwerke laufen auf
Hochtouren. Sie drohen zu überhitzen.“
„Schalten Sie die Triebwerke ab.“ sagte Käpt`n
Johansson, und an Jack Forbisher gewandt
sprach er, „Herr Forbisher, was sagen die
Messinstrumente?“
„Nichts, gar nichts. Dier Sonde ist mit fünf g
abgebremst worden bis sie bewegungslos war.“
„Fünf g?“
„Genau.“

Frau Al-Dhabi fragte: „Kann man die Sensoren so ausrichten, dass sie Neutrinoemissionen messen können?"

„Mit der Sonde nicht", antwortete Alexander Freitag.

„Und vom Raumschiff aus?"

„Wir waren darauf zwar nicht vorbereitet, aber es wäre möglich."

„Gut, dann machen Sie das! Wie lange dauert das?" fragte der Kapitän.

„Nur Zehn Minuten." sprach Alexander Freitag.

„Okay, fangen Sie an." der Kapitän wandte sich an die Chefastronomin: „Wie kommen Sie auf Neutrinos?"

„Ich habe da so eine Idee. Wenn meine Vermutung stimmt, erwartet uns eine sehr unangenehme Überraschung." sprach Frau Al-Dhabi.

„Was für eine Vermutung?"

„Warten wir das Ergebnis ab."

Alexander Freitag meldete sich: „ So, ich bin so weit."

„Also gut, Herr Forbisher, was sagen die Instrumente?"

„Ich messe eine ungeheure Menge an Neutrinos, welche von allen Seiten zu uns gelangen. Die

Emissionen sehen aus, als wenn sie von dem Kraftfeld kommen. Das ist einfach unglaublich."
Der Kapitän sprach: „Wenn ihre Messergebnisse richtig sind, dann befinden wir uns…" die Astronomin überlegte kurz, „… in einem schwarzen Loch." ergänzte Frau Al-Dhabi.
„Wie ist das möglich?" fragte der Kapitän.
„Es ist wie eine Blase, eine Vakuole in einem schwarzen Loch. Ein ungeheures Kraftfeld verhindert unsere eigene Bewegung und es verhindert gleichzeitig unsere Zerstörung. Nichts, aber auch gar nichts dringt zu uns hindurch und nichts von uns nach außen. Die Neutrino Emission des Schwarzen Loches allerdings können wir messen. Eine andere Erklärung habe ich nicht. Wir waren und sind mitten in einer Singularität."
„Das ist doch Wahnsinn." sprach der Käpt`n.
„Wer
könnte eine solch gewaltige Energie aufbringen. Ein gesteuertes Schwarze Loch und wir mittendrin, außerhalb von Zeit und Raum. Das ist Wahnsinn, heller Wahnsinn!"
„Käpt`n, wir haben es hier mit einer Physik zu tun, mit einer Technik, gegen die ist unser Raumschiff ein primitiver Faustkeil. Zwei

Millionen Jahre technische Entwicklung ist einfach unfassbar." Sagte Frau Al-Dhabi.
„Was sollen wir ihrer Meinung nach jetzt tun?" fragte nun der Käpt'n.
„Gar nichts. Wir können nur abwarten, was passiert." meinte Jasmin Al-Dhabi.
Da meldete sich plötzlich Jack Forbisher: „Käpt`n, schauen Sie auf ihren Monitor!"
Alle schauten nun gleichzeitig auf ihre Monitore und was sie dort sahen, überraschte sie sehr.
Sie sahen plötzlich wieder überall Sterne und in der Mitte einen besonders hellen. Über die Lautsprecher drang ein ohrenbetäubender Lärm von Radiowellen und anderen Geräuschen.
„Stellen Sie die Lautsprecher ab!" befahl der Kapitän.
„Käpt`n, der helle Stern in der Mitte ist unsere Sonne. Wir sind zwanzig Lichtjahre in nur wenigen

Stunden gereist." sprach Frau Al-Dhabi.
„Wie? Unsere Sonne? Auf welcher Position befinden wir uns jetzt?" fragte Kapitän Johansson.
„Wir befinden uns genau auf der Neptunbahn. Der Planet befindet sich allerdings weit entfernt.

Wir sind etwa ein Drittel seiner Umlaufbahn
hinter ihm." Erklärte Frau Al-Dhabi.
„Olga, rufen Sie die Marsstation! Herr Freitag,
starten Sie die Triebwerke! Wann erhalten wir
eine Antwort vom Mars?"
„In frühestens vier Stunden." antwortete Olga
Komarova.

31.
John und Samantha standen in der Cafeteria am
Fenster. Ihr Blick ging in Richtung des kleinen
blauen Punkt, welchen sie sich langsam
näherten. Samantha hakte sich in John`s Arm ein
und legte ihren Kopf an seine Schulter. John sah
sie von der Seite an und sprach: „Unsere Leute
auf dem Mars und der Erde waren ziemlich
überrascht, als sie von uns hörten."
„Wer konnte auch damit rechnen, dass wir so

schnell zurückkommen." sagte Samantha.
„Sie wollen ein Schiff schicken zur anderen Seite
der Erdbahn. Ich bin gespannt, was sie erwartet."
sprach John.

„Ich frage mich nur, warum die Fremden uns so abrupt nach Hause geschickt haben. So einfach ohne Vorwarnung. Sie zeigten uns Bilder unserer eigenen Vergangenheit und dann `Tschüss`. Das ist doch unlogisch." meinte Samantha.
„Das finde ich nicht. Die meisten Bilder waren Bilder der Selbstzerstörung, der Umweltvernichtung und Krieg. Für eine Zivilisation, welche Jahrmillionen überstanden hat ist unser jetziges Handeln völlig unverständlich. Unsere Heimreise war in meinen Augen ein Rausschmiss. `Geht nach Hause, und kommt nicht mehr wieder`. Sie wollen mit einer so primitiven Rasse, welche sich selbst zerstört und umbringt, einfach nichts zu tun haben." meinte John.
„Wahrscheinlich hast du Recht. Hoffentlich werden die Verantwortlichen auf der Erde die richtigen Schlüsse daraus ziehen." sagte Samantha.
„Ich glaube nicht. Wir waren so arrogant, dass wir glaubten, andere ausbeuten zu können. Wir wollten Ressourcen für unsere Expansion finden. Seit zweihundert Jahren ignorieren wir, dass die Erde so langsam vor die Hunde geht. Alle, die von Ökologie und friedlichen Zusammenleben

sprechen, werden als Spinner diffamiert und belächelt. Und nun stoßen wir auf eine Intelligenz, die uns unsere Grenzen zeigt. Der Kapitän hatte ein sehr langes Gespräch mit der Raumfahrtbehörde. Er machte einige Andeutungen. Sie haben in den letzten Jahren enorme Fortschritte gemacht, vor allem in der Antriebstechnik. Die ersten Tests mit Triebwerken mit einem Überlichtgeschwindigkeitsantrieb, also Warp-Antrieb, sind wohl sehr erfolgreich verlaufen. Das eröffnet uns enorme Möglichkeiten." sprach John.

„Ich weiß. Ich habe auch mit ihm gesprochen. Es sind Antriebe, welche den Raum verändern. Ich werde eine Pilotenausbildung machen. Ich will wieder ins All zurück. Es soll private Konzerne geben, welche ins All expandieren. Einige Sicherheitsunternehmen bieten Ausbildungen an, Begleitraumschiffe zu fliegen. Es wird unruhig werden im Sonnensystem. Man glaubt nicht, dass die Fremden uns gefährlich werden können. Sogar an die Produktion von besseren Waffen denkt man." sagte Samantha.

„Und was wird aus mir?" fragte John.

„Komm mit mir. Dir wird es leichter fallen, ein neues Raumschiff zu fliegen. Du bist bereits Pilot." Meinte Samantha.
Corinna und Fred traten ein. Corinna sah zu John und Samantha und sprach: „Unsere Erde ist so schön. Doch Menschen wie wir werden immer nach Neuem suchen. Ich denke, dass wir noch viele neue Abenteuer erleben werden."
„Wir könnten gemeinsam fliegen." sprach Corinna. Samantha schauten sie an und nickte. Fred legte seinen Arm um Corinna ihre Schulter. Die vier standen noch lange zusammen am Fenster und schauten zu dem kleinen blauen Punkt, welcher langsam zu einem kleinen Ball wuchs. Ihnen war mehr denn je bewusst, wie zerbrechlich dieser Ball war.

Die weiteren Abenteuer von Corinna und
Samantha:

Star Adventure 2 – Irrflug ins Ungewisse

Star Adventure 3 – Otekah, das

Sonnenmädchen

Star Adventure 4 – Die Gefangenen von Elpis

und demnächst:

Star Adventure 5 – Die Pforte zur

Unendlichkeit